共和国青海记忆丛书

青藏线

qingzangxian

王宗仁　著

青海人民出版社

图书在版编目（CIP）数据

青藏线／王宗仁著. -- 西宁：青海人民出版社，
2019.7（2022.4 重印）
（共和国青海记忆丛书）
ISBN 978-7-225-05786-6

Ⅰ. ①青… Ⅱ. ①王… Ⅲ. ①报告文学—中国—当代
Ⅳ. ①I25

中国版本图书馆 CIP 数据核字（2019）第 152043 号

共和国青海记忆丛书

青藏线

王宗仁 著

出　版　人　樊原成
出 版 发 行　青海人民出版社有限责任公司
西宁市五四西路 71 号　邮政编码:810023　电话:(0971)6143426（总编室）
发 行 热 线　（0971）6143516／6137730
网　　　址　http://www.qhrmcbs.com
印　　　刷　青海西宁西盛印务有限责任公司
经　　　销　新华书店
开　　　本　890mm×1240mm　1/32
印　　　张　7.625
字　　　数　170 千
版　　　次　2019 年 10 月第 1 版　2022 年 4 月第 5 次印刷
书　　　号　ISBN 978-7-225-05786-6
定　　　价　35.00 元

目　录
MULU

序　章

　　我对开国将军慕生忠整整关注了 50 年。中华人民共和国成立之初，他率领人马在世界屋脊上修了一条举世无双的公路。他悄悄地修成了青藏公路，公路通车后又悄悄地离开青藏高原。现在还有几个人知道他的名字？他的故事再过一百年，也不会过时，不会老。

　　青藏公路，开辟了世界屋脊的一个新时代。

　　慕生忠是创建那个时代的主将。

青藏高原。

已经入春，冬天并没有死去。

稀薄的草滩泛出黄缎子般的冷光。

两头野牦牛互不干扰地伸出锋利的舌头为草滩理发。

　　在这贫乏的日子里，哗啦飞飘的经幡在空中写下一行字：除了寂寞，还是寂寞。

这时，一行甲虫似的黑点，从蓝天与白云衔接处蠕动而来。渐大，清晰。

汽车好像一座座小房子从地平线上浮出。

车轮十分缓慢地滚动着。

艰难蠕动，吃力地划破荒原的沉寂……

他的深沉回忆也是这样缓慢。往事沉睡得太久，他要熬费多大心力，才能让昨天的灯火发芽！

我坐在他对面的一块石凳上，极不规则的石凳被磨蹭得光溜溜，这是他的专座。20年前他的双目失明，出门不便，每天一起床就坐在石头上抽烟，一烟锅接着一烟锅，好像要把这个世界抽进这小小的烟锅里他才肯罢休。吃饭、喝水是家人送来。直到烟锅上的火星点燃了满天的星星，他才很不情愿地起身回屋。今天他把专座让给我，可见老人对我的厚待了。我俩都是青藏高原汽车兵出身，他在前，我在后。他早我三年上高原，军龄却比我多十年。

我寻到他容易吗？在川北的这个深藏在大山里的山村，他像这小地方一样被外面的世界遗忘着。

每天他坐在石头上，总是呆望着一个方向：西北。他不会迷失这个方向的。自从小孙子告诉他方位后，他就把目光钉在了那个他曾经生活工作过十多年的青藏高原。

我说，你是青藏线汽车兵的前辈，执行了青藏公路通车后的第一趟运输任务，那个时候你们咽下的苦头、经受的磨难肯定很多很多，不要说今天的年轻人，就连我这样晚你几年上高原的人也想象不出来。我太想知道那时候在青藏公路上开车人的情况了，我要把它写出来。你就详详细细讲给我听吧！

他拔出嘴里的烟锅，两只黑洞似的眼睛望着我。

我要告诉你，那不是路呀。没有走过车，也几乎没有走过人。我们是第一批踏着这条路进藏的人马。汽车常常是两步一停，三步一歇，停下来是为了修路，歇下来还是为了修路。有时汽车还没有人走得利索，车轮前的路面上布满数不清的碎石，小坑。更不要说那些河流、雪山、沼泽了……

他闭上眼睛，不往下说了。那是不堪回首的往事。

我同情地望着他，感到他的整个身心都随着那艰难缓动的车轮很吃力地往遥遥无垠的地方走着。当然，我还有另外一种感觉，那些模糊的往事就存放在他记忆神经的最外层，他随时都能拿到它。

我说，你们是从格尔木出发去拉萨吧？这一趟走的够劳心的！

他吧嗒了几下烟锅，火灭了。干脆拔掉烟锅，回答我的问话：

没错，就是从格尔木出发的。多少天才走到拉萨？说出来吓你一大跳，24天呀！现在驾驶员开上汽车从格尔木到拉萨，三天五天就跑下来了。那时候，不行呀，就像上西天，只知道要去的地方，却找不着路。头一天从格尔木到纳赤台，90公里，这是原定的计划。谁知，首战不利，车队一到艾家沟就出了麻烦。本来已经平整出来的路面上不知什么时候布满沙堆，大大小小起起伏伏，一望无际，根本分不清公路的面目。我们这些开车的司机只好当修路工人了。锹铲镐挖，吭哧吭哧地干到第二天上午才打通了路，晚上住在纳赤台兵站。第三天在昆仑山下的西大滩露营，两根绳子牵帐篷，三块石头垒锅灶。游击生活，没人喊苦。第四天住在了不冻泉兵站。

这时候已经有点人困马乏，再加上前面派出探路的人捎来话，从不冻泉到楚玛尔河这一段是冰雪路面，车子走上去总打滑，所

3

以我们索性就在不冻泉休整了一天，主要是保养车，准备对付前面的困难。这个计划又被突然降临的一场风雪打得粉碎。那场雪倒是不大，可我们是上高原后初踏雪路，还是小心为好。这样就在不冻泉停了两天，等雪停下后，才老牛拉破车似的到了楚玛尔河兵站。

这时已经是出发后的第七天了。这天，我们到了五道梁兵站。五道梁这个地方应该说是青藏线上高山反应闹腾得最让人魂飞魄散的鬼门关，车队在兵站的车场上一停下，不少人就叫喊着头疼，越喊越疼，越喊犯头疼的人越多。那个疼呀，真不是个滋味。就像有人用撬棒在你的脑门上敲，一次比一次狠劲地敲着，撕心裂肺地干疼。奇怪，大声喊几声，就好一点了，所以大家都在叫爹唤娘地吼叫着。车子不保养了，饭不吃了，觉也不睡了，喊天喊地地叫着。随车队上路的军医所带的为数不算少的止痛片，早就被大家腾空了。连长和指导员急得不知怎么才好，他们强忍着高山反应带来的痛苦，逐个帐篷地窜出窜进，做稳定大家情绪的工作。最后还是指导员拿了主意，他说五道梁这个地方永久地存在着，高山反应就不是一天半天能过去的事，咱们消极地等在这个鬼地方肯定不是办法。还是走吧，不就是头疼吗？挺起腰杆，走，上山，看它高山反应能把人生吃生咽了不成？你还别说，指导员这一招真见效，我们的车队连夜离开五道梁，走了两天两夜，到了二道沟兵站。这里的情况好些了，我们在兵站的帐篷里休息了一天，就开始往沱沱河赶了。沱沱河是长江源头，也许因为水足草盛的原因，我们一到这里，身上感到轻松多了，高山反应也不那么熬煎人了。连里决定在沱沱河住三天，把车辆好好保养一番，准备翻越最让人怵头的唐古拉山。这座山是青藏公路的制高点，海拔5300多米。山高地冻，天气苦寒，积雪终年不化。就在我们住在沱沱河整修车辆的时候，一天夜里唐古拉山落了一场大雪，把山体掩盖得严严实实。我们不能贸然翻山，只能等着雪停下来再上山。这一等就是一个星期。等我们翻过唐古拉山已经是出发后的第20天了。走过这个"鬼门关"就是藏北草原，也叫羌塘草原。这里到拉萨在好些年前就有一条驼路，虽然是一条窄窄的又弯弯曲曲的路，但毕竟走过骡马、骆驼，是条路。再加上前面修路的队伍平整、拓宽了路面，我们只用了四天就到达拉萨。这一趟任务，走得人身心俱疲，走下来我们都觉得腿好像短了一截，连油门都够不着了。太不容易了！

　　我在这里像背流水账一样给你详详细细地回忆了我们第一次进藏时每一天的路程，很枯燥吧？（我忙说，不，不，一点也不枯燥，这些历史资料我拿金钱也买不到呢！）他接着说，24天，哪一天都是在生死线上挣扎，拼搏！身在其中就那么回事，走过来了，回头想起来真是后怕。我给你讲的青藏线的那些兵站，比如不冻泉兵站、二道沟兵站、楚玛尔河兵站、谷露兵站，等等，它们早就消失了，变成了废墟，有些地名你在地图上都难找到了，它只能永远地留在我们这些老青藏人的记忆里了。

　　他一口气讲了这么长的里程，已经很累很累了，我明显地感到他筋疲力尽，需要歇歇气了。我帮他装了一烟锅烟，点着火。他却不吸，任那烟火灭去。我又给他点着烟锅，我认为吸吸烟也许可以缓解他的劳累。他显然感觉到我两次给他点烟的热诚，便说：我最要命的病是哮喘，这是高原留给我的永久纪念，跑了不少地方，看了好些医生，都没明显的效果。这辈子怕是治不好了。我想开了，在高原上有那么多的战友献出了生命，有的还和我在一个帐篷里打通铺睡过觉。我得了哮喘，相比而言，算是有幸。我活下来就是幸福！

他为自己没有死，在高兴且庆幸，我心里的酸楚却不打一处来。

我上前抓住他的手，声音颤颤地说，您老人家知足，因为没有死就知足，就觉得幸福，太伟大了。知足是一种最高尚的品质，特别像您这样在生死线上挣扎过的人，更叫人佩服。今天，能知足的人不多，包括我在内。不少人只想着享乐，只知道享乐，乐是他们的目的，就是不知足。您老多给大家讲讲你们过去的事，也讲讲您对过去那些事情的认识。正因为您知足，您才不后悔自己当初的选择和所作所为。他拍拍我的手背，说，你也是从高原上下来的人，你为什么不讲你的经历呢！我们如果都把这些带进棺材里去，连谁都对不住……

我紧紧地攥着他的手。这手干燥得像一截枯柴，似乎没一点儿活泛的感觉，也许没有多少血液和水分了。我该如何为他做些事情？真的，我不知道。本来是抱着满腔热情来采访他的，在这一瞬间，我却变得不知该怎么办！

……

他叫赵强，75 岁的老人了，看上去比这个年龄要大得多的多。这是一位从青藏线上退伍的汽车兵，他参加过平津大战；开国大典时开着拖大炮的汽车从天安门前走过；跨过鸭绿江抗击过美帝国主义的侵略。青藏公路一通车，他就随着他的汽车连队被召唤到青海香日德，执行第一趟进藏运输任务。开辟了进藏的路之后，他在青藏线上跑车 11 年，"文革"前夕，带着一身高原病回到了家乡。因为是士兵，按规定不能安排工作。再加上身体垮了，在藏北一场暴风雪中执行战勤运输任务时，患上了雪盲，双目失明，就一直在老家的小屋里待着。外面的世界变成什么样，对于一个生活在封闭环境里的盲人来说，是无法知道的。他也不想知道。但是青藏高原一直在他的心里活着，鲜活。那个地方委屈过他，甚至亏待了他，可那个地方最让他牵挂。毕竟他把一生中最美好的年华留在了那里。他在给我回忆往事时，总是那么急切，巴不得一下子把所有的事都抖搂给我。我说，老人家您不要急，慢慢讲。他说，慢？我还能活几天了，再慢几年，恐怕就没有机会讲高原上过去的事了。我们县里当年在青藏线上跑车的五个兵，现在就剩下我和老戴了。

我不得不告诉他，老戴也过世了，就在不久前。他似乎不相信，抬起黑洞洞的眼眶望了我好久。之后，他才不得不点点头，随之又摇摇头。我们永远无法知道，生活中埋藏着多少一个盲人不知道的事情！

他用颤颤巍巍的手不住地摸裤子上的口袋，很吃力的样子。摸什么呢？我不知道。但那个口袋又能装什么金贵的东西！我想，他是在摸开启往事之门的钥匙吧！

他终于摸出来了，是一块很旧很脏的粗布手绢。他擦了擦鼻涕。

——心酸。那一刻，我的心真酸！

这时，我想到一个不切实际却又无法不让我联想的问题：现在如果把当年第一批开着汽车进藏的那百十个（据说就那么多人）汽车兵都集中起来，在电视上亮相，向全国观众一一介绍他们的高原经历，之后让他们每人讲一件进藏路上的最有意义最值得纪念的故事，那将是多么珍贵而感人的镜头呀！因为他们是英雄，是名副其实打开通往西藏之门的有功之臣。还因为有那么多的人并不知道他们这些人是英雄。

可惜，我的这个愿望难以实现了。因为他们之中的一大半人已经不在人世了。这些没有被许多人认识的英雄是带着遗憾远行的，带着永远的牵挂远行的。过去的英雄大都活得很平凡、很清苦，既不懂得什么等价交换，也不知道什么炒作自己，更不懂什么叫作秀。他们当英雄的过程实际等于无私地燃烧自己。燃烧完了，山多高还是多高，雪多大还是多大。他们永远地被埋在了异乡无法让亲人知道的某个角落里。但是他们用苦心以至生命换来的好日子，却让后来人尽情地分享着。

赵老是幸存者。

我望着坐在面前的赵强，失去了眼睛的他双手在不住地颤抖着，如寒蝉的薄翅。他也用那双没有任何光感的双眼望着我，黑洞洞的两个深眶。我忙将目光移开，我真的怕他这样看我。不应该说怕，是心寒！

等我再次看他时，他很熟练而巧妙地摸出一根火柴，点燃了烟锅。他又开始吸烟了，那僵硬的皱纹在脸上浮出亲切的笑容。我的心里也有了些许的暖意。

我怕过去的事让他伤心，便阻拦住他的回忆，说，赵老，您是开辟青藏线的英雄，是我心中真正的无名英雄！我们今天的人特别崇敬您这样的英雄。

他忙摆动手中的烟锅，摇摇头。

不要这样说我，真正打开通往西藏道路的人是慕生忠，他才是英雄。可是，今天的人有几个能知道慕生忠呢？什么叫无名英雄？他就是！你应该写写他，给他写一部大书！

他让我给慕生忠写书？

我心里一动，用也许应该说是感激或者说是钦佩的目光看着老人。写书！为慕生忠写一部书。

我对慕生忠的业绩不能说十分了解，但是由于很敬仰这位开国将军，整整关注了他几十年，从五十年代到现在。他率领人马在世界屋脊上修了一条举世无双的公路，了不得的大事情！他像辛劳的母亲一样，点燃了冰天雪地里的篝火，烘暖青藏的赤脚。我想写他的心愿也揣了几十年。此次不远千里跋涉到川北这个山村找到赵强老人，也是为写慕生忠做外围的采访工作。真没想到还没等我说出真实意图，他倒先提出要我为慕生忠写书，而且要我写一部大书。

我说，赵老，我很愿意听您讲慕生忠将军的事。是的，我要给他写一本书！

赵强说，你说的是修公路的事吧！让我来讲，你肯定是没有找对人。我上高原时公路已经修到了拉萨，等我们的车队到拉萨，这个修路的人又回到了格尔木。从此，他就常住格尔木，当上了青藏公路管理局局长，不容易见上了。青管局的大门口站着岗哨，一般人进不去。我在高原的 11 年里只见过他两次，还都是在大会上，听他讲话。我是个普普通通的汽车兵能说出他的什么事呢！不过，我这里保留着他的一张照片，你可以看看他当年修路时的年轻风采。

他拿出了一张照片，递给我。这是慕生忠把路修到拉萨后拍下的照片。将军的身旁是一辆汽车，美国造吉普车，很旧，仿佛还能看到车身及轮胎上厚厚的征尘。他就是坐着这辆车进西藏的。赵老已经记不得是哪年从哪张报上或书上剪下来的，反正当时他看到这张照片后有一种与生俱来的亲切感，立即珍藏起来，至今保存得完好无损。这张浓缩着沧桑岁月的照片，里面储满了太多的艰难日子，寒风，狂雪，冷月，都是无法祈祷的事情。

这时，赵老仰起头，习惯性地望了望天。我知道他是什么也看不见的，但是他好像什么都看见了，说，高原上该下雪了吧！天气好冷。慕生忠将军许是几年前就去世了吧！他死后灵魂肯定还在，它会塞在青藏线的各个角落！

接下来，赵老说了一席石破天惊的赞扬慕生忠的话，这是我事先无论如何没有预想到的。一个长年蜗在封闭山村的盲人会有如此的豪言壮语——慕生忠将军领着一支特别顽强的筑路队伍打通了内地通往西藏的道路，这是太了不起的事了！他的故事就是再过上一百年几百年也不会过时，不会老不会死。可是，要理解他这个人比理解他修的这条路要艰难曲折得多。他呢，据我所知，倒不是那种把自己包得很严的人，他心里想的嘴里总要说出来。但他的眼光厉害，看得很深很远，站在昆仑山这边就能看到那边。想想，新中国成立还不到五年，是他首先提出要修一条通往西藏的公路。这能是一般人想得出来的事情吗？其实在他早三年进军西藏的路上，一条公路就开始在他心里孕育了。你说这人厉害不厉害？神仙似的厉害！

我望着老人赵强，觉得他在突然之间好像成了另外一个人，一个很有思想很有眼光的深沉的平凡人。他说出这番独到而深刻的话评价慕生忠，这很可能成为我写这部报告文学的脉络，主题。这是一个士兵对一个将军的评语！是一个退了伍蜗在封闭的山庄几十年双目失明的老农民对一位高官的认识。赵强，我真的要另眼看你了。一个视力正常的作家要对一个没有视力的人另眼相看，因为这个没有视力的人一直在用那双炯炯有神的眼睛看世界，看他所敬重的一位将军。

慕生忠1910年出生在陕北吴堡县一个破落地主家庭。上中学时受到陕北革命领导人刘志丹的影响而投入革命，1933年加入中国共产党，拉起了一支铲恶锄奸的游击队。1935年10月，中央红军长征到达吴起镇，慕生忠率领自己的队伍迎接毛泽东和中共中央，以及红军领导人。以后他曾任陕北红军第二作战分区司令员、延安以东地区作战司令员、山陕特委军事部长、晋绥九分区司令员等职。解放战争时期，曾任以彭德怀为司令员兼政治委员的第一野战军政治部民运部部长、政治部秘书长等职。1955年被授予少将军衔。

为修筑青藏公路，慕生忠将军三进拉萨。前两次都是步行跋涉，最后一次有时坐车有时骑马，更多的时候还是步行，步行！

我从川北回到了京城。坐在我的书房望柳庄，开始梳理慕生忠三次进藏的路程。望柳庄，这是昆仑山下的一个地名，慕将军起的名。我把它"搬进"了我的书房。

开始写作后不久，即2004年6月、2005年8月和2008年7月，我特地又回了三趟青藏线。踏雪山，穿戈壁，走冰河，为的是寻找感觉，陶冶心灵。

那天清晨，我站在昆仑山中纳赤台兵站门前，感慨万千地遥望已经铺就铁轨的青藏铁路。这时一列运载修路器材的火车，拉响清亮的汽笛轻身而过。昆仑山修铁路了！有火车了！这是中国多少代人的梦想呀！我难抑制心头大喜，叫来兵站战友一起看火车，听汽笛。

此时此刻，我触景生情不由自主地想起了慕生忠，想起了青藏公路。眼前的这条路，不是那条路；这条路诞生了，那条路却不会消失，没有那条路就不会有今天这条路。那条路孕育了这条路。

青藏公路！

青藏铁路是在亿万人的注目中热热闹闹地修建，青藏公路却是悄无声儿地由一群平凡的人修建。当然这并不是它们唯一的区别，那个年代和今天的时代怎能同日而语！

青藏大地的春天来了。

春天是从一棵草开始的。我认定，是慕生忠用一双温和的手掬来土，把裸露的草根埋进了土里。

我不会忘记消失了的过去。如果有人问路，我还是会告诉他青藏公路。

回到纳赤台兵站客房，我继续写慕生忠。

拉下窗帘。

红色阳光挡在顺畅的褶皱之外。

我用笔尖犁纸。

那是坚厚的永冻地带。

犁透漫长的时间。

朴素将军的故事与真理结合。

高原变得殿堂深邃……

第一章

修筑青藏公路之前，慕生忠曾两次进藏。

第一次进藏前，他特地照了一张相片，分送给几位要好的战友："如果我死在那个地方了，这就是永久的留念！"

第二次进藏时，他没有照相，他没有死去的打算。他说："我不能死。我要好好地活着，给西藏运粮，大家等着吃我运的粮食呢！"

第一次进藏：1951年8月到12月

这年初夏，西南军区第十八军在张国华、谭冠三的率领下，从四川进藏。中央人民政府和西藏地方政府签订了关于和平解放西藏的协议。就在这时候，党中央决定组建西北进藏支队，目的是和西南进藏部队一起开展西藏地方工作。当然也有另外一个很重要的目的：打通从西北到西藏的交通线。

慕生忠是西北进藏部队的政治委员，司令员是范明。他们走的路线不完全是今天的青藏公路，而是沿着唐代文成公主进藏的路线向拉萨进军，即从青海的香日德南下到巴颜喀拉山，经黄河源头，再翻越唐古拉山到藏北。

　　当时，慕生忠刚从战争硝烟里钻出来不久，已经脱下军装出任天（天水）兰（兰州）铁路副总指挥，正在工地上风风火火地指挥施工，没想到接到命令要他率领部队进军西藏，实在突然。但慕生忠想了想，很坦然地面对了。"祖国需要嘛，甘肃、西藏都是战场，我再穿上军装挎上盒子枪就是了，看来这身军装今生今世离不开我慕生忠了！"

　　他专程去北京领受了进藏任务，返回兰州前，他特地做了一件他认为必须做的事，到前门大北照相馆照了一张相片。这事看起来是临时动意实则是军人本能的意识。他多洗印了几张相片，分送给几位要好的战友。

　　每一个接到照片的战友听到的都是他说的同一句话："如果我死在那个地方了，这就是永久的留念！"

　　不能说是忧伤，更多的是悲壮。他是军人，要去另一个他很陌生大家也都不甚熟悉的新的战场。他当然渴望叫醒黎明，但是当黑暗压来时他也不会低头。

　　战友们无语，接过照片在心里默默地为他祈祷。

　　慕生忠如果死了，很正常；但是他没死，这是奇迹。

　　1982年8月，他重返青藏高原，怀着悲喜交加的复杂心情，在格尔木一个十分简陋的礼堂里给军队和地方的数百人回忆了他第一次进藏路上非同寻常的经历。

说起慕生忠这次讲话，我有个细节必须说说。我是在他讲话半月后才得知此事，当然为没有亲耳听到这位我心中一直崇拜的偶像的讲话而十分懊丧。此后为弥补缺憾，我几乎每次去高原都要向聆听过慕生忠讲话的人打探情况。那个年代录音录像还很稀缺，特别是高原这个地方。我竟然找不到一份慕生忠讲话的记录稿，采访本记下的只是一些零零星星、七拼八凑起来的很不全面的内容。失望使我渐渐淡忘了这件事。

惊喜发生在 2000 年夏天。

青藏兵站部组织科年轻的中尉干事郭文举，饶有兴趣地陪我跑了青藏线上的几个地方。小郭是一个很善于收藏青藏高原资料的有心人，一次闲聊中我得知他手头存放有慕生忠的一份讲话稿。我索要来一看，打印稿，正是 1982 年慕生忠在格尔木的那次讲话，题目：《慕生忠同志的报告》。我如获至宝，赶紧复印了一份珍藏起来。小郭给我讲了他得到这份报告的经过。四年前的一天，机关清理过去的旧书旧报旧材料，他看见走廊里放着一堆准备作为废纸处理的垃圾，顺便扒拉了几下，找了几份他认为有用的材料，慕生忠的这个报告便是其中的一份。小郭说，有人是当废纸扔掉的，他却当宝贝捡了起来。2005 年郭文举出版他的作品集《军旅天空》，我建议把慕生忠的这个报告作为附件，收了进去。

那次报告会上，慕生忠是这样回忆他们第一次进藏路上的种种无奈和遭遇的：

8 月上旬，我们从香日德出发上路，浩浩荡荡的人马，有头无尾地摆动在荒原上。后来一些作家在文章里把这描绘成"千人万马的队伍"。实际情况比这个比喻还要壮观，上千人？可不止哩！你想想，光四个蹄子的动物就海了，马三千，骡子三千，骆驼三千，牦牛一万有余。两万多牲口少说也得有三四千指战员及民工去经管吧！

离开香日德后，我们南行，走了一天的路程就进了努马格尔拉山，这是昆仑山的支脉。好些人都不知道这个山名，我们是从游牧的藏族同胞那儿打听到的。继续行走三天，山峰越来越高，山路也难攀登了。这里的海拔在5000米左右，比我们翻过的日月山要高出2000多米。给我配有一匹马，但是走这样的山路，只能牵马而行，"上山不骑马，下山马不骑"嘛。遇有陡坡滑路，人还得助马一臂之力。

这天中午，我们翻过一道山岭，前面突然豁亮起来，呈现出一大片望不到边的草原。我们虽然被高山反应折磨得一个个蔫头耷脑，可是一看见眼前这一片闪烁着明媚的阳光的草原，心里一下子变得轻松了许多。我们进入了黄河源区域。黄河源，黄河源，到处是烂泥滩。我心里很清楚，这平坦的草地，耀眼的阳光，都将成为考验我们的陷阱。果然，我们走进黄河源还没有一个小时，一阵暴雨就劈头盖脸地砸来，所有人马原地不动，任暴雨冲打。还好，暴雨很快就过去了，我们继续行进。这时候包括我在内的每个人都泥头水脸地成了落汤鸡。大家互相看着对方的脸，溅满泥浆的脸，大笑不止。你笑别人，别人笑你。谁也看不到自己的脸，其实谁都明白自己的脸跟别人的脸一个样，泥猴脸，怎能不笑！

在泥淖草地里行军，一步一拔脚，三步一停歇，头一天走了40里地。慢是慢了点，可以少发生意外事故。这地方处处都有深不可测的泥潭，一旦掉进去就永远别想出来。我们谋划了一下，头等重要的是选好路，躲着泥潭走。这样，就组织了一批精悍的人在前面探路。即使这样，有十几个同志还是失脚陷进了泥潭里，我们又赶紧组织人去救，没一点用。什么抢救工具也没有，谁去救都会陷进去再也出不来。陷进一条命再搭一条命进去，我们能不心焦吗？大家气急败坏地在草地跳腾着，可是没有任何办法。就这样，眼看着这十几个同志没有出来，牺牲了，连尸体也无法找到。我很难过，让大家在泥淖旁为他们送别，久久地默哀。我找了一块木板，让人在上面写下遇难同志的名字，就埋在他们陷身的地方，算是他们的坟。这件事使我终生难忘。我对同志们说，都给我擦干眼泪，冲着死去的同志喊一声他们"万岁"。咱们继续前进！大家照着写在名单上的名字一一喊过"万岁"之后，我们流着眼泪又上路了，脚步沉重得像拖着一座山，迈不动呀！

我对大家说，那些倒下去的同志都躺在泥淖地里望着我们，我们要用实际行动证明自己不是软蛋，能走出黄河源。为了不鲁莽地走入泥淖地，我们又进一步加强了探路工作。话虽这么说，可是满眼的泥水滩，想躲也躲不开呀！所以，往后的日子我们每天几乎还是在烂泥窝里扑腾，弄得浑身糊满泥巴，没个人样。但因为有了前面的惨痛教训，我们特别注意了选择路线，再加上每个小分队都准备了随时救人出泥潭的绳，以后再没死过人。伤人的事倒是每天都会发生几次，随队医生给伤者包扎包扎又走人了。许多地方，不是走，而是躺下滚过去的。没办法，只要能往前挪动，什么招数我们都用了。

相比之下，牲口就遭大罪了，特别是骡子，死在泥淖里的最多。今天回想起来它们临死前那渴望求生的眼神还活生生地在我眼前，揪得我心疼！马是驮着人过去的，有人在它的背上指点路线，凭它的机敏和灵巧，总可以和人一起安全走过一个又一个险滩；骆驼虽然笨重，但腿长，蹄掌厚而坚，它有肥宽的躯体，再加上它顽韧的毅力，即使陷进泥淖，一不会没劲，二可以刨腾着挣扎出来；牦牛呢，在这泥淖滩里真正显示了它那"高原之舟"的美称是名副其实的。它的腿虽然短，可那天生的像帆船一样的肚皮，使它在泥水中漂浮起来，比其他动物大有优长，还有它肚皮下长的那些长毛，也能帮它走出泥淖地；3000头骡子是最遭罪最令人同情的了，它们在黄河源头损耗的最多，头一天就有100多头死在了烂泥滩里。骡子的躯体瘦小，腿细蹄又尖，一踏上深处的泥淖就陷进去了。我们有意减去了它们身上的驮物，也不行。一陷下去就没救。我慕生忠看着火燎心急，巴不得把每头可怜的骡子背过泥淖地，可我没这个本事，实在没办法！我对大家喊着，你们都是死人吗，眼睁睁地看着让骡子陷下去。可是，我知道谁也没办法救骡子。我还是要这么喊着。那些天，看见骡子一批又一批地陷进泥淖里死去，我不知暗流了多少眼泪。骡子是我们的无言战友呀！

我们在泥淖里连滚带爬地折腾了九天。好漫长的九天呀！白天是艰苦行军，夜里也无法安睡。怎么睡得着呀，你们想想，每天傍晚，大家就开始寻找宿营地，要设法躲开泥淖，可是满山遍野都是泥淖呀！想找个相对来说避风的地方，也不行，巴颜喀拉山满世界都是大风。好不容易找到了一块稍高一点的地方，泥淖倒是没有了，谁知偏偏在风口上，顾不得那么多了，将就着休息吧！因为太疲累，同志们倒下身子就响起了鼾声。一觉睡到第二天太阳爬出山头好高好高，每人半睡半醒地给嘴里塞点干粮，随便找点所谓清亮的水咂吧两口，又赶路了。

大概是行军的第十天上午，我们到了青海曲麻莱县的通天河，这儿已经是长江源头了。我们在通天河畔的临时营地清点了一下人马，骡马已经损失了300多头（匹），有的是陷进泥淖地送了命，有的是吃了有毒的草，中毒死亡。骆驼、牦牛也损失了一些。我们不是轻装了，而是负载更重了。眼下，好比是三个人要做四个甚至五个人的事情，能不吃力吗？那也得往前走，硬着头皮也要进军西藏！

长江源头上的四条河流到了通天河这个地方就自然而然地汇在了一起，通称通天河。河水本来就很急，当时又是洪水期，长河滔滔，浪头狂吼，站在岸上脚下像擂鼓似的震动着。怎么过去呀？大家都在作难。其实，我们从兰州出发时就想到了河水阻路的问题，所以特地带来18个羊皮筏子。我先说说这羊皮筏子，这东西在内地是绝对见不到的，它是西北特别是甘肃、青海一带老百姓渡河时必不可少的工具。羊皮筏子分大中小三种，大的是用20多张全羊皮缝制而成，中的十多张羊皮，小的有十张八张的，甚至更少。羊皮筏的皮张绷得紧紧的，犹如鼓面，内里装干草，皮筋缝口，桐油密封。大的皮筏一次可以载渡50余人。现在我们过通天河就靠这些羊皮筏子了。千军万马，驻扎在通天河边，说是十里长蛇阵并不过分。有人担心筏子在这样的急流大浪里整翻了怎么办，我说，咱们都是大活人，得想法不让它翻，这才叫真本事。我把筏子客集合起来，先死规硬定地要求他们这次摆渡必须安全，然后让他们去熟悉水情，练习摆渡技术。这些筏子客是我们从兰州带上来的，都有一身好水性，人也实诚听招呼。过河开始了，三四个渡口同时开渡，我指挥渡河，坐在第一个皮筏上，过了河我再坐皮筏返回对岸。就这样来来回回，我往返了13次。每摆渡一次要三四个小时，一天也就是摆渡两三次吧。其间，我们的工程师邓郁清出了个疏漏，他坐筏子好不容易过了河，这才想到他的马丢了，还留在岸上。是一时着急忘了马，还是筏子上太挤马没有上来，不得而知，反正马没有过河。他的所有行囊都在马背上，把马留下他只身一人过河有什么用？我说邓郁清呀邓郁清，真是个书生呆子！丢了马还不等于把你自己丢了！他只是一个劲地给我检讨，我也就不好多批评他了。没办法，两个人又陪着他返回对岸，好不容易在一个山岔里找到了正悠闲吃草的马。那马太寂寞，见了人就亲热地跑了过来。邓郁清抱着马脖子痛哭，惹得几个陪他的同志也跟着流泪。

我们过通天河，一共用了14天时间。虽然损失了近百头牲口，还死了三个战士，有掉在河里淹死的，也有得病而死的。他们永远地长眠在长江源头了。无名无姓，也少有人知道他们的籍贯。我对着他们默默站了足有半个小时，心里难受呀！后来我才发现我身后站了一队同志，他们也向战友默默道别。不管怎么说，我们总算过了通天河，这是一个大关口，险关。队伍重新上路前，我照例让有关的人为死去的同志做了坟，没找到尸体的也要做个衣冠坟。他们是功臣，是看不到最后胜利的功臣，我们不能忘记他们。那些死去的牲口，我们也都掩埋了，不少战士在掩埋牲口时，都泪流满面地哭着。战友呀，无言的战友，没有它们，我们是到不了西藏的！

过了通天河，前面就是唐古拉山了。从通天河到唐古拉山，有200多公里路程，照样是山路，比前头更险要的山地。我们有意地放慢了行军速度。唐古拉山地势高险，空气稀薄，气候酷寒。再加上连日来的长途跋涉，病号骤然增多。缺氧这当然是威胁我们的大敌，但是与天寒相比，它也就不显得那么厉害了。11月的季节，这地方的气温在零下三四十摄氏度，说它可以冻掉人的鼻尖是一点也不假的，我们每个人的鼻尖上都留下了冻伤。没有火，是我们最难熬的，取暖、做饭都成了问题。劈柴、牛粪、衣物，凡是可以点火的东西都用上了。可那些东西毕竟有限，只能解决燃眉之急。一天晚上，我在宿营地巡走，突然看到远处闪亮着一堆篝火，我的心里一下子暖和起来。我快步走上去一看，是连队的陈连长给战士们烤被雪水打湿了的大头鞋，空气中虽然散发着一股扑鼻的焦臭味，但我仍然有一种回到家的温暖感。我问陈连长从什么地弄来的柴火，他说，政委，你仔细看看，是柴火吗？我再次一看，是牛粪。哪儿来的粪？连长告诉我，这些天他和几个战士多了个心眼，把牦牛拉的粪特意收集起来，留着取火。藏家人不是都用牛粪火取暖做饭吗？我握着连长的手，称赞他说，好同志，你真是个有心人，为我们解决取暖问题找出了一条路子。以后几天，我们的队伍就都开始收集牦牛粪。这些牛粪生起的一堆堆篝火，对后来我们进藏路上克服严寒带来的诸多困难，起了十分大的作用。

我们在唐古拉山整整走了 22 天，才翻过这座雪山，到了藏北的重镇那曲。接着我们又连续行军半个月，终于到了拉萨。这是 1951 年 12 月中旬。

那天，拉萨久雪初晴，天空格外蓝，整个拉萨城好像刚睡醒似的。我的心情很轻松，很愉快，我们到底胜利了！

此次进藏，慕生忠和他的同事们心悦诚服地领教了泥淖地的厉害。黄河源头和巴颜喀拉山确实令人望而却步，难以跨越。这也是后来修筑青藏公路时他们放弃这条路线的原因。放弃了从这条进藏路线上修公路的打算，这并不能说明那一片一片的泥淖地吓住了慕生忠。绝对不能这么认为。他们最终不是跨过它了吗？

慕生忠在以后的许多场合都提到了他第一次进藏的事，一提起来就会说到酒。是酒给他助兴，帮他走出了黄河源。

慕生忠被人称为"酒司令""昆仑酒神"。他浑身豪气，一腔爽笑，也带着酒的精神。

那是来到黄河源头的第一天，泥淖地吞没了十多个同志的生命之后，慕生忠又急又气，双眼都红了。他在泥淖地前走了好几个来回，然后站定，对随行人员吼了一声："拿烧酒来！"大家自然明白他要干什么，马上有人递上一瓶酒。他接过一仰脖子就灌进了半瓶。他又将腰带勒了勒紧，往地上一躺，就往泥淖地滚去……

成功了！

没有十分钟，他就滚过了第一片泥淖地。虽然中间有过几次停顿，反复。但是终究成功了。这办法可行。人躺下后加大了身体接触泥沼的面积，压强小了，就不容易陷下去。再加上酒劲儿的刺激，他有了比平日更猛更烈的勇气，就滚过了泥淖地。

慕生忠站在对面，浑身泥水，眼睛红得像要喷火，他举着手，说："就照这办法行事，喝酒。照我的办法来，喝酒！"

大家纷纷喝酒，打滚……

酒，在关键时刻起了作用。将军对酒的感情又深了一层。几分醉意的人往往能创造奇迹。这话有道理，将军绝对信！他们走过黄河源的泥沼地，酒是立了功的！

慕生忠这一生与酒的感情很深沉，也许就缘于进藏路上那瓶酒。年届八旬的他，每日照饮不误。老伴出门时，将酒柜加锁，他撬开拿出来喝。他把喝完的酒瓶甩在花坛里，由家人去打扫。

1993年将军再次重返高原，他来到昆仑山，双手掬起昆仑泉的水，从脸上浇下，连连感叹："好酒呀！好酒在昆仑！"

这一刻，他能不想起那瓶刺激他走过泥淖地的酒吗？

酒呀酒，酒是将军的魂！

青藏的重重雪山是他拿酒灌醉。

青藏的条条冰河是他靠酒融解。

他以酒的柔情，展示性格的坚毅。

酒使他的额头变得像昆仑山的岩石。

酒使他的双手青筋暴起像一条条山脉。

酒使他的话语烫得像烈火，懦弱者一碰上他的目光就无地自容。

酒给了他生命。青藏公路是他生命的延续。

第一次进藏，有20多个指战员和民工把生命永久地铺在了进藏路上。这似乎是意料之中的事，但是这样的不幸会摊在哪个人的头上，谁也不愿有这个思想准备。用躯体铺路的还有数百头牲口。

布满伤痕的里程！

慕生忠的心绪无法安静。他身子虽然到了拉萨，但心仍然喘喘不息地留在进藏路上。他很不甘心这次跋涉中的种种遭遇。或者这么说吧，尽管他可以像一些人那样亮着嗓门对所有关心他这次进藏的人说，我完成了任务，按预定的计划走到了拉萨。我活着到了西藏！他慕生忠是个厚道人，当然可以讲这样的话，但绝对不会抬高嗓门讲。是的，他是完成了任务，对一个军人而言，他是打了一次胜仗。然而，他认为这个胜仗打得不漂亮，不体面，不理直气壮，是打了一次"惨兮兮"的胜仗，不值得炫耀。他带领的队伍几乎被黄河源挡住了，几乎被雪山挡住了。实际上也挡住了，死了那么多人，死了那么多牲口……

慕生忠的心伤痕累累，怎么能平静下来。

他常常站在窗前，望着黄河源的方向，发愣，联想。

走一趟西藏为什么就这么艰难？

这样发问之后，他甚至想过：今生我再也不走这条路了！

然而，当组织让他再次进藏时，他还是不讲二话地承担了起来……

第二次进藏：1953 年 11 月至 1954 年 1 月

到拉萨后，慕生忠就留下来了。他担任西藏工委组织部部长，范明任中共西藏工委副书记。他们协助中央驻西藏代表张经武及张国华、谭冠三等一起领导着和平解放不久的西藏党政军工作。在较长的一段时间里，经过内心复杂而痛苦的感慨进藏的艰难以后，慕生忠才渐渐地平静下来。他不会忘记第一次进藏的惨痛遭遇，但手头紧张的工作有时使他不得不暂时忘掉。总之，日子相对平静了下来。谁会想到，形势所迫他要离开西藏了。

离开西藏是为了再次进藏。

当然有些意外，震惊。不过很快就习以为常了，他依旧坦然而痛快地领受了第二次进藏任务。

军人嘛，是放在弓上的箭，随时都准备射向需要射中的目标。战士的灵魂如果安卧起来，情感的仓库就会空虚。

那一叶已经随流水而去。

这一叶还得苦苦相追。

当时，两路进藏的部队大约 3 万人。不说别的，光每天吃粮就需要 4.5 万斤左右，还不敢松开裤带咽饭。西藏本地不可能供给他们这么多粮食。部队和拉萨党政机关的吃粮全靠从内地运来。拿什么运？骆驼，牦牛，还有骡马，主要是骆驼。

眼下断粮了。粮荒！

部队领导机关给指战员们限量吃饭，每人每天只供四两粮。四两，壮实的汉子塞牙缝是够了。只能是四两，多了没有。

那些抵制西藏和平解放的西藏上层反动分子，在这个关口更张扬着他们不可抑制的气焰。你买我粮？可以。一斤面一斤银子，一斤咸盐八个银圆，八斤牛粪一个银圆。爱买不买，要活命你就得买。

拉萨河的每一朵浪花，都呼唤着救命的粮食。

张经武当然比别人更心焦了，他好几次在大会上忧心忡忡地说，我们现在吃的一斤面是一斤银子的价，烧一壶开水就得花四个袁大头。要命呀要命，我们是吃银子过日子的！

八廓街头那些黑心的管家，得意地大声吆喝着：一个银圆买八斤牛粪！他们的身后是堆积如山的干牛粪。

粮荒发生了。

驻藏官兵和西藏工委机关的工作人员，每天都在饥饿中挣扎。

粮荒不能再继续下去！

受中共中央的指示，西北局支援西藏运输总队便应运而建。

慕生忠被调任运输总队政治委员，总队长是王宝珊。王曾任榆林军分区司令员，后来担任西北公安总队队长。慕生忠到运输总队任职，这在许多人看来有些意外，他已经用脚步丈量过一次西藏了，排着队轮也该别人了。可慕生忠却认为派他再次进藏是顺理成章的事。正因为他跑过一次西藏了，轻车熟路，再跑一次会省去许多麻烦。这回他没有去照相馆照相，没作死去的打算。他说，我不能死，我要好好地活着，给西藏运粮。大家都等着吃我运的粮食呢！

他必须立即返回兰州，筹备运粮之事。一匹马早就准备好了，静静地拴在他住所前的马桩上，静候着骑马人。

他没有走青藏线，而是经康藏线，赶往兰州。他在对比，要看看这两条进藏的路线，哪个更便捷。可以肯定地说，此时修路的事已经开始在慕生忠的脑海里孕育出胚芽了。

一到兰州，慕生忠就马不停蹄地开始了筹粮的工作。

据说，那时候全国一共有20多万峰骆驼。运输总队的胃口够大了，他们从陕、甘、宁、青及内蒙古等地征购了26000多峰，招募了1200多名驼工。

正是春夏之交的季节，人和骆驼像炸了窝似的云集在小小的香日德。

慕生忠已经用双脚不辞辛劳地丈量过青藏大地，对那里的地形地物心中基本上有了一定的底数。这次运粮该从哪里进藏他有新的考虑。黄河源那个地方是万万去不得了，川藏线更不可靠近，那儿的塌方太频繁，一处塌方，全线都堵了。相比之下，还是走格尔木翻昆仑山经可可西里进入藏北比较稳妥。他已经调查过了，这条路可取。

考虑问题细致周到的慕生忠，决定派人先出发，打前站，为后面的大部队开道。

先遣队的任务是探路，之后在进藏路上建立四个站，这样后面大队人马就有落脚喘息的地方了。

从1953年6月到10月，四个站陆续建成。

格尔木站，站长刘奉学，政委由运输总队副政委任启明兼任；纳赤台站，站长尤忠，政委张宏儒；可可西里站，站长齐天然；温泉站，站长张林祥。

这四个站的简陋程度是令人难以想象的，每个站上只有两顶行军帐篷。相比之下，格尔木站算是奢侈了，因为它有一个为了防止野狼袭击，用红柳根围起来的约一亩大的"柴禾城"。这个"柴禾城"就是今天格尔木的雏形，刘奉学们便是名副其实的第一代格尔木人。

我 20 世纪 50 年代末进驻格尔木，作为格尔木的第一代后来人，我多次踏寻"柴禾城"遗址，展望与回顾，心潮难平。那儿一根锈秃了的帐篷固定钉，也能倾倒出昔日一片蓬勃的苍凉；那儿败落在地灶上的一缕斑驳烟迹，也能再生出掀天动地的军号声；那儿萧条在冷风里的半堵残墙，也能引出一队进军的勇士。孕育格尔木的"柴禾城"啊，也许你已经从今天许多人的视野中消失了，但你永远活着。我看到一列进藏的火车喜气洋洋地歇在你的肩上。

慕生忠对运粮队实行军事化编队和管理，列队行军，日走夜宿。前有领队后设压阵。每个驼工拉五至七峰骆驼不等，每峰骆驼驮四袋面粉，每袋 50 斤，再加上人畜自用的生活物资共 300 斤。民工的工资根据各人的工作量再加上分工支付，平均每人每月 25 元左右。

新的路线并不会也不可能让他们一帆风顺地到达拉萨。这本来是他们预料到的事，但谁都不想回避。新的路线遇到的是新的情况，遭遇的是新的挫折，受到的是新的打击。还是 1982 年那次回到格尔木后的讲话中，慕生忠比较详尽地回忆了他们这次运粮路上的种种不测：

我们第二次进藏时也是从香日德出发，所不同的是，第一次走的是东线，实践已经残酷地证明，那条要命的路太难走了。这回我们决定改走西线，即由香日德向西行走300多公里就到达格尔木，再南行进入昆仑山。事先调查得知，昆仑山以北大戈壁滩上只有格尔木河有水，其他地方的水就奇缺了。沿着格尔木河南上就可以进入可可西里，再翻越唐古拉山，走进藏北。这条路线也就是今日青藏公路的基本走向。是不是可以这样说，我们此次进藏有意无意地在探索着给西藏修一条公路的路线。说有意是因为从我思想上讲，这几次进藏的现实使我不得不想到太需要修一条进藏的公路了；说无意是因为我慕生忠当时绝对没有想到后来修青藏公路的任务会落在我的肩上。尽管一年后是我主动要求修青藏公路，但第二次进藏的前夕我还没有做这样的打算，确实没有。这是事实。

　　就在运粮队还在香日德集中时，也就是打前站去建四个站的同志出发后没几天，我也先行一步，带领20个人，一辆吉普车，一辆大卡车，动身向格尔木行进了。从香日德到格尔木原本就有一条驼道，那是骆驼客留下的痕迹。驼道是很不规则的，常常走着走着路就莫名其妙地消失，去哪儿了？鬼知道。只见眼前出现的是沙砾、荆丛。遇到这种情况，我们就修路。哪是修路？严格地说是找骆驼蹄印，找不到时就找骆驼粪，风干了的骆驼粪是不会在短时间内消失的。我们经常走来回路，就是绕了一个大圈又回到了原地。把直路走弯，不是为了多看几道风景，而是想找到捷径。谁会想到越是想走捷径倒越是绕了许多冤枉路。我们自带干粮，走得肚子发慌时，就找个有河水的地方停下来啃点馍馍，歇口气。河水都结了冰，我们就从河上敲些冰块化水喝。夜里都是在避风的坡下或河湾撑开帐篷过夜。太累了，不管天气多冷，条件多差，大家躺下脚一伸就响呼噜。大家轮流站岗，上岗的名单上虽然没有我，但我哪一夜都要起来三两次。操心呀，哪里会睡得着！有一天晚上，我起来巡查时发现有一顶帐篷都被风揭得快倒塌了，同志们还在很香地睡着。我赶紧叫醒他们，整好了帐篷。真是受罪！

就这样，走走停停，遇着平坦的地方就坐上汽车跑一段路，路不通了，下车再修路。说来说去，还是步行的时候居多。300多公里路，我们折腾了一个星期，才到了格尔木。我们原先看地图时以为格尔木是一个村镇，做梦都没有想到的是，我们看到的是一片盐碱覆盖着的无边荒原，风沙铺天卷地地刮着。只有格尔木站上的两顶帐篷孤零零地挺立在山野，仿佛随时都会被大风卷到西天去。大家问：格尔木在哪里？我说，我们的帐篷搭在哪里，哪里就是格尔木。之后，我把我手中的一根柳树手杖插在我们准备搭帐篷的地方。没想到这柳棍后来竟然成活了，它也成了格尔木的象征。几年后我们在这个地方建了房子，又盖起了楼房，起名就叫望柳庄。

在格尔木的第一夜，我考虑最多的是以后的路程，它肯定比我们已经走过来的路要艰难得多，弄得不好粮食没有运到西藏，运粮的人就会困死在半路上。为此，我在格尔木给北京发了电报，要求上级给我们供粮。只有我们吃饱活着，才能圆满完成任务。

平心而论，这次运粮我们运输总队走到格尔木这段路还算顺利。接下来，从格尔木往南开拔问题就大了。泥淖地倒是遇不到了，但新的难题更困扰人。这次走过的地方几乎全被冰雪覆盖着，历来的生物禁区，基本上看不到人家。偶尔见到一个牧人，远远地站着，用疑惑生硬的目光瞅着我们。冰雪世界使骆驼遭到了极大的灾难，给骆驼带的粮草吃完了，但沿途很少有草。好不容易找到一片草滩，骆驼也难以吃到嘴里。因为骆驼的腿长，习惯在沙漠中吃高草。青藏高原上的草，又矮又稀，且被冰雪或沙石盖着，骆驼啃不上，弯下脖子死啃也啃不上。有的骆驼只得半卧半跪地啃草吃，真难为它们了。草料不足，一些骆驼很快就瘦成骨头架子，倒了下去。那些骆驼死时的惨劲我今天回忆起来仍然心酸得像硫磺烧了一样疼痛难忍。不少骆驼卧下去吃草后就再也撑不起来了，任驼工们使出多大劲去拉去拽，也起不来了。几个驼工帮着拉也不行。无奈，他们只有把骆驼身上的面粉卸下来。分担给别的骆驼，难舍难割地扔下它们，继续赶路。骆驼也是他们的战友呀！长长的几十里的运粮队伍日夜不停地奔走着，谁也没有清理过，一路上就这样扔下了多少骆驼！没法去清理呀！这些可怜的骆驼已经感觉出主人要遗弃它了，便使出最后的气力叫着，叫得一声比一声凄凉。主人也不忍心了，便又回转去抱着骆驼痛哭起来，这时候骆驼的眼里也流出了长长的眼泪。没有办法，最后还得下狠心一步三回头地扔下骆驼。

被遗弃的骆驼，过了几天有些又缓过了劲，自己站起来了，在草滩上寻草吃。其实那是在寻找它的主人呢，孤孤单单的，一边吃草一边呼叫着主人。这时如果被后面运粮队的人碰上，就把它牵上，让它们归了队。它们见了主人，像丢失的孩子找到了娘，偎依着主人凄惨地叫着。谁听了都心酸！当然，这种第二次归队的骆驼毕竟是个别的了。

不仅仅死骆驼，人也有死的呀！这一路的天气太寒冷，人的抗寒能力总是有限的。还有，高山反应的残酷摧残，运粮队人们的体质普遍下降，不少人病得走起路来也摇摇晃晃，但还得走，只要有一口气就得走下去。绝大多数人凭着坚强的意志就走到底了，也有一些身体实在弱得无法坚持下去的人，便倒下去了。他们走着走着就倒在骆驼前面，再也起不来了。骆驼见主人倒下了，也不走了，静静地站在主人身边好久，不住地用鼻子蹭主人，但是主人已经死了，再也唤不醒了。本来朝朝暮暮都挨着胳膊牵着手生活在一起的同志，现在冷不丁地把命丢在荒野，我们经受不了这样的打击！他们死了，我们也要设法找个地方让他们安身。这样收尸队就成立了。我们做出了一个特别决定，抽出十峰骆驼专门驮运同志的尸体，运尸的人可以享受队长的待遇，每月发35元的工资，这是我们运粮队当时最高的工资。钱算啥？薄薄一张纸，风一吹就跑了。同志的命就是我们大家伙的命。大家争着参加收尸队，加的工资一分也不要。运尸这个事情可不是一般人想象的那么简单，整天跟死人打交道，当然是需要胆量的，但最重要的是感情。白天还好说，大家七手八脚地把同志的尸体捆绑在骆驼身上就是了。晚上到了宿营地，人要休息，骆驼也要休息，就得把尸体搬下来，集中放在一个安全的地方。怕野虫虫伤害同志的尸体，还得站岗。第二天再把尸体一具一具地搬上骆驼。最后，我们返回到格尔木时，把这些同志的尸体掩埋在了荒滩上。这就是今天格尔木烈士陵园最早的一批英灵。

这次进藏运粮，骆驼的损失最惨重，死亡了近一半吧！献出生命的同志也有二三十位。1954 年初，我们侥幸活下来的人陆续回到了香日德。这时，一个个瘦得没了人形。我的心里难受了好久，总觉得没能很好地完成任务。我对大家说，我们是幸存者，我们命大，我们要感谢上天，也要感谢我们自己，特别要感谢我们自己。我们共产党人用双脚又一次走了一回西藏。总之，我们活着回来了，这就是胜利。

就是在第二次进藏之后，慕生忠再一次想到了要给西藏修路。虽然在第一次进藏时，他的脑海里已经萌生修路的事，但是真正下定决心兑现这件事还是在此次的进藏路上。他要修路的想法是那样强烈，那样急迫。没有一条通往西藏的路是绝对不行的。他慕生忠可以带队第三次、第四次……给西藏运粮，运物资，但这不是长久之计，不是解决问题的根本办法。

修路！

封闭很久的西藏人民和西藏山水，正用乞求的声音呼唤着公路。

然而，开往西藏的第一辆汽车还不知在哪朵云彩上寄托着。

西藏的公路在哪里？

第二章

慕生忠铁了心要修青藏公路。修路前他要用木轮车去探路,彭老总说,要探路就赶辆胶轮车,要不人家会说你是把木轮车抬过去的。

国家没有修青藏公路的计划,公路局就不给"尚方宝剑"。彭老总说,看来你那木轮车不管用,我这胶轮车也白忙活。这样吧,你写个报告我去找周总理,我就不信他们还能不听总理的话。这叫西门不开咱走东门。

西藏的公路正走在路上。

一直走在路上。那路像一阵残风,风吹过之后,留下的是痕迹。

公路走在路上,脚步踩不到,车轮碾不着。越走越远的路!谁在打磨西藏生锈的岁月?

路变得九死一生……

年代久远,更远处无法查清。从 1937 年起,国民党地方政府就嚷嚷着修青藏公路。这不是已经付诸行动了吗？政府几次向民众征收修路费，国民政府也两次拨了巨款。主持修路的人将钱攥在手里就是不肯投放，一会儿说从南线修路太难，一会儿又要改道走北线嫌太远。这边刨一锨收了场，那边铲一锨停了工。路伤累累，人心疲惫。直到1944年10月，光阴打发走了快十年，才修起了一条通到玉树的简易得不能再简易的所谓公路。远方的路仍在天的尽头，连西藏的边儿都没沾上，这也叫青藏公路吗？据说修路款都塞进了马步芳的腰包。

慕生忠身背沉甸甸的行囊，从北京出发，开始了第三次进藏。他走在弥漫的风雪中，信心百倍地要踏出一条崭新的路，义无反顾。也许应该说他的动力来自彭德怀。

一个将军，一个元帅。

1954年5月11日，身负重任的慕生忠着手修筑青藏公路。

记住这个日子。记住让这个日子发光生辉的彭德怀。

此时的彭德怀元帅是国防部长，从抗美援朝战场上刚回国不久的中国人民志愿军司令员。

彭、慕二人的交往源远流长。枪声淬火，炮声如钢，是骨肉之情生死之交。新中国成立后，彭老总抗美援朝去了朝鲜前线，慕生忠则留在国内，转而到了西北，一次挺进新疆，两次进军西藏。这个慕生忠，对大西北的感情藏在灵魂深处。

岁月是留给这个世界的唯一遗言。彭老总对修青藏公路的关注世人皆知。

还在1953年岁末，也就是慕生忠第二次进藏运粮损兵折将归来的时候，彭老总满身征尘地刚从朝鲜战场回国。正在北京开会的慕生忠怀着复杂的心情去看望老首长，也是汇报工作。他摸透了彭老总的脾气，平时你就是稀松一点，工作没干好，他当然会批你一顿，但不会伤人。可是你如果打了败仗去见他，他会暴跳如雷地吼你半天。骂你白披一张人皮枉活在世上，连饭桶都不如。军人，打不了胜仗还活着回来干什么。他就是这么挖苦你。慕生忠见了彭老总自然是汇报运粮的事，他刚起了个话头，彭老总就插言问道："任务完成得还可以吧？"慕生忠答："粮食送到拉萨后损失了近一半，人员伤亡也有，最惨的是牲口，死了的比留下来的还多。"彭老总仿佛已经知道了一些细节，没有再问下去，只是说："这就叫生死考验艰难运粮，那个地方能把粮运进去，你慕生忠就是功臣。"首长如此善解人意，慕生忠很感动，便忙递上了他早就准备好的话："我是看透了，用骆驼给西藏运粮不是个办法。据说眼下全国各地总共有20多万峰骆驼，照我们运粮中这种损耗下去，跑不了几趟还不把这些骆驼全搭进去了！当然最主要的是靠牲口运粮根本无法满足西藏的需要，依我之见，要想彻底解决问题，必须在高原上修一条公路！"

彭老总很在意地听着，点头："噢，修路。是要修路的。"

慕生忠继续说："我打算赶辆马车去探路，马车能走，我就能修公路。"

彭老总问："马车要是走不通呢？"

"我还要修公路！"

彭老总笑了，他很赞赏慕生忠这个倔劲，这就是当兵的脾气。好样的！不过，他提出了修正意见：

"你要赶车就赶一辆胶轮车，你搞个木轮车，轻飘飘的，人家会说你是抬过去的。"

彭老总说这话时没有笑，脸上的表情很严肃。

慕生忠记住了彭老总的话，说："对，用胶轮车探路，不要叫人家说我们是抬过去的。"

他把"人家"两个字咬得很重，暗暗地体会着其中的意味。彭老总并没有讲"人家"是谁，慕生忠也不一定完全理解"人家"的含意。但是他已经隐隐地感到这修路的事不会那么简单。在世界屋脊上修一条公路，他慕生忠也许有这个气派，但是有这资本吗？当时他似乎想的还不是很多。修路，自然会使他愉悦，也理所当然地会使他伤感。

慕生忠回到了香日德。

他即刻动手筹措探路的事。一周后，任启明、王廷杰两人就带上一拨人分别赶着木轮车和胶轮车上路，怀着无法预测未来的不安心情踏上了征途。

北风把深冬的寒冷从山野搬到了探路人的心里。

征途的艰难是必然的。所有的困难都在他们的预料之中，战胜这些困难更是他们铁定不变的决心。他们有火焰般的灵魂，燃烧不息。慕生忠在出发前就送给任启明他们一句话：我不看过程，只要结果。你们到了西藏马上给我发电报，我等着。这么说吧，这路能修也要修，不能修也得修。让你们探路是向你们讨要修路的决心和办法。

慕生忠送战友上路，送了一程又一程，却不说话，只是默默地走着。最后快到了山脚下，不得不分手了，他才说，我人在千里之外，心却一直伴着你们。记住！

三个月的长途跋涉，跨昆仑，越唐古拉山，他们居然攻克一道道关险，到了藏北的那曲镇，之后又到了聂荣县。任启明立刻给慕生忠发电报。慕生忠一直站在香日德路口向雪山遥望，白天望几回，夜里梦几回。

给他的电报只能通过军用电台发到兰州军区，再转到格尔木。但是他不在格尔木，也不在香日德，正在北京开会。慕生忠是在北京看到这份电报的。电文如下：

> 青藏高原，远看是山，近看是川，山高坡度缓，河多水不深。

慕生忠连着把电文看了好几遍，满心填盈着兴奋。彭老总交给的用胶轮车探路的任务完成了。"人家"应该同意修青藏公路了。他这么想着。

直到这时，慕生忠似乎才明白彭老总说的那个"人家"应该是国家交通部。全国公路的事情都归他们管。彭大元帅可以同意你修公路，但是修路的"尚方宝剑"要交通部签发。

那时，西藏和平解放不久，许多事情百废待兴。西藏的交通，具体地说关于筹备修青藏公路的事情暂时由部队代管。代管的单位青藏兵站部非常支持慕生忠修公路的设想，他们当即与国家交通部的领导取得联系。慕生忠一刻不停地找到了交通部公路局。

公路局的一位同志接待了慕生忠，实事求是地讲，人家倒是很热情，也耐心地听完了他的汇报。不过他不同意修青藏公路，对慕生忠的具体回答是这样的："你的想法很大胆，也没有错。但是，目前不能修青藏公路。"

慕生忠最不愿意听的就是但是后面这句话。他忙问："既然想法没有错，为什么不能修青藏公路？"

回答很干脆，理由也蛮充足："国家眼下正在动手修康藏公路，已经拨了大量的资金了，还没见名堂，怎么可能再修青藏公路呢？"

提起修康藏公路，慕生忠的话就多了，他立即陈述了自己在康藏高原的见闻："我了解过康藏高原的情况，也骑着马从那儿走了一回。我认为在康藏高原修公路会遇到四大难题：雪崩频繁，塌方常有，大雾不断，洪水冰川多。这些问题不解决，公路就很难修成。"

公路局的同志并没有反驳慕生忠的意见，而是问他："在青藏高原上的昆仑山、唐古拉山修路，也不是一件容易的事，说不定还会碰到五大六大难题呢！不是你想干就能干成的。要有可靠的资料才行。"

慕生忠说："我有资料，我们已经探过路了。"他说着就拿出了任启明他们发来的那份电报，还详细地讲了他们赶着马车探路的事。

对方看了电报，不是一目十行，而是反复地看了几遍。之后说，我们确实无法同意修青藏公路，你们把马车拉到了西藏，这与修公路完全不是一回事。马车毕竟不能代替严谨的科学考察。

慕生忠说："我当然不会把马车走过的路就当成公路，我们只是想告诉大家，青藏高原既然可以走马车，那么它也就可以修公路走汽车。"

公路局的同志听完慕生忠的解释，继续着他的话题说下去："修公路就是搞建设，需要对地质、气象、气候等各种情况有科学的数据。我们不能拿人民的血汗钱去做冒险的事。"

一听"冒险"二字，慕生忠的火气就上来了，他差点从凳子上蹦起来，但最终还是忍住了。一忍再忍才没发作。

他知道，一勺盐可以让一杯水变得很咸，可是在一湖水面前，却无能为力了。他无法改变公路局的决定，也不能和交通部的领导吵架。人家不支持你修路，你就是吵破了天，人家还是不支持你。因为国家把修青藏公路还没有列入计划，你有什么办法！公路局的人也没办法！

天高过天，离山峰更远却走近了太阳和月亮。慕生忠蹚过了一段坑坑洼洼的路，突然觉得眼前很豁亮。

他出了交通部的门，就拐进彭老总的家。

彭德怀和公路局的领导，哪个大，谁还不知道这个常识？

慕生忠找彭老总，绝无以势压人的意思。当大雪堵在面前，你绕个弯走向通往春天的路，这是智慧的表现。

彭老总能相面，慕生忠脸上的阴云已经把一切都告诉他了。不等慕生忠开口，他就先说话了："怎么样，人家还是说你把马车抬过去的吧！眼不见不为实，也难怪！"

慕生忠愁苦万端地说："看来在修青藏公路这件事上，我和人家是很难坐在一条板凳上。"

彭德怀哈哈一笑，说："你的那马车不管用，我的胶轮车也是白忙活。怎么办呢？可这路还是要修的。这样吧，你写个报告，我去找周总理批。这叫西门不开咱走东门。人家不听你的话，也不听我的话，我就不相信他们还能不听总理的话！"

慕生忠对彭老总说："张国华和范明都在北京开会，我找他们合计一下，马上就写报告。"

他脚下生风，找到张国华和范明，三个人连夜把报告起草好，就马不停蹄地交给彭老总。彭德怀立即呈报周恩来。

人愈是焦急的时候，就越觉得时间过得慢。尽管彭老总已经告诉慕生忠，周总理办事很快捷，行与不行都会很快有个结果。但是慕生忠仍然觉得等待的日子仿佛是一生的事情，结局却在一生之外。

其实只有三天，彭老总就把喜讯带给了慕生忠："你们的报告总理已经批了，先给30万元。钱是少了点，总可以动手修路了。按你说的办，第一期工程先把路修到可可西里。"

慕生忠说："万事开头难，有了这30万元我们就可以修路了，所有的困难我们会一点点克服。"

彭老总想了想，说："这些钱你们节约着用。你还有什么要求尽管提，我尽量满足你。修青藏公路这么大的事，怎能难为你慕生忠呢！"

慕生忠忙说："首长这样支持修路，我们感激还来不及呢，哪里能谈到难为。"

与在别处受到抢白的那种尴尬相比，此刻他才感到阳光照不到的时间毕竟是短暂的。现在他有话可以敞开心胸讲了。

"首长，我是个军人，总不能只有我一个穿军装的在那儿跳单人舞吧。你看能不能给我十个工兵，给十辆卡车，再拨些工具。"

彭老总当即拍板："这些都是修路必不可少的，由西北军区给你解决。工兵和卡车按你说的办，再给你1200把镐，1200把锹，3000斤炸药。另外，给你一辆吉普车，你总得跑路嘛。"

"首长，够了，足够了。谢谢首长！"慕生忠非常满足，临出门他又转身说，"首长，我跑了两趟青藏高原，发现那里的许多地方还没有名字，以后起名字的事可要由我取了。"

彭老总哈哈一笑，蹦出一句玩笑话："这事就不必请示了，你是修路大元帅，你不取地名难道让我彭德怀取？"

慕生忠迈开军人的步伐走了。他打开一道门，走上了青藏高原，去打开一条通天之路的大门。

他的生命在冰冷的世界屋脊上燃烧起了不可阻挡的旺火。

第三章

十个兵，一个司令十个兵。说精悍也行，说单薄也许更确切。慕生忠已经满足了，这是彭老总批准才上高原的十个兵，是代表全军指战员修筑青藏公路的精锐队伍！

慕生忠宣布所有的骆驼客都留下修路。

这下捅了马蜂窝。

他的镐把上用烙铁烙着五个字："慕生忠之墓"——如果他死了，这镐把就是他的墓碑。

这是慕生忠一次丰满或单薄的回程。

北京—格尔木。

直达。就这么单纯。他带着修筑青藏公路的重任，又这么丰盈。

山不动，风也在吹。

河不流，雪仍在下。

他在等待着，也在企盼着。等待与企盼其实是一回事。只要他一回到高原，就一定会有心语飞飘。把心胸打开，嗓门抬得高高地告诉每一个翘首盼着他归来的同志："亲爱的人们，我们要修青藏公路了！"整个格尔木要不沸腾起来才有鬼呢！

一个波浪结束了另一个波浪，河水总是要向前流的。此刻，只有此刻，脚下轻快心情舒畅的慕生忠似乎才明白，人完全可以具有海一样的胸怀。像周恩来总理，像彭德怀元帅，当然也应该包括他自己。不甘示弱的篝火，如果看到雪山太阳，完全可以到冰上去燃烧。他慕生忠丝毫没有不谦虚的意思，何必隐瞒呢，他早就想把自己当作一堆在青藏高原寒冬里燃烧的篝火。他确确实实把修青藏公路的事牢牢地装在心里了。除了这件在他看来顶天大的事，其他的事在他心里就没有位置了。他这个人就这么个脾性，心力凝聚在他认定的大事上时，小事就一概随风飘走了。这次北京之行，跑断腿费尽口舌完全是为了修这条路。就这么一个目的，现在终于达到了！他把青藏高原悲壮的颜色揉进血液，还愁干不成他想干的事！

春天还没有来到的时候，他心里的雪已经融化。

慕生忠带着彭老总的使命、周总理的尚方宝剑，神采奕奕地回到了高原。北京—兰州—西宁—香日德—格尔木；火车—汽车—步行。

从香日德出发去格尔木前，慕生忠特地骑着骆驼在香日德兜了一圈。他说，人怎能忘本呢！我几次进藏都是把骆驼背当路，和骆驼有了很深的感情，过些日子尻子蛋蛋不蹭骆驼背，浑身就痒痒得不自在。慕生忠在香日德骑着骆驼说这番话，还另有一番情趣在心头！

香日德呀，这是他第三次光临这个柴达木的小镇了！怀念，惜别，向往，诸种心绪皆有……

香日德位于柴达木盆地东南山麓，布尔汗布达山脚下，平均海拔3000米，是典型的高原干燥大陆气候。按照蒙古语的意思香日德是"丰富之水"，藏语则是"树木繁多的地方"。它曾经是古丝绸路上重要的驿站。格鲁派领袖班禅看重它，把它当作西藏扎什伦布寺和青海塔尔寺之间往返驻锡之地。自七世班禅以来，前后有四位班禅派人出资，历经数次改建扩建成了有一定规模的香日德寺。其中最数十世班禅额尔德尼·确吉坚赞与该寺的关系密切，寻访灵童、接触中共、初进西藏这些重大政教活动，都从这里开始。1949年8月，十世班禅在塔尔寺坐床之后，一直在这里念经习文。西宁刚解放时，年仅11岁的班禅由于不了解我党我军的政策，又受到国民党特务的挑唆恫吓，被众喇嘛簇拥着率300余名僧人避居香日德。

慕生忠与香日德的紧密关系自然系在他和西藏的深厚感情上。他每次经过香日德寺都会亲自或派人到寺庙与僧人交流，并向他们祈祷。现在要修公路了，香日德作为严格实际意义上的青藏公路的起点，慕生忠对它的期望和依恋自然格外浓烈。他骑马在香日德兜一圈之后，来到寺庙前，下马，久立静默。四年前，十世班禅额尔德尼·确吉坚赞就是从这里启程，由毛泽东主席亲定的中央代表范明率领300多人的护卫队陪送着进藏；三年前，他慕生忠和范明率领西北西藏工委1100余人，也是从这里出发，向拉萨进军，与先期到达的十八军先遣支队会师；一年前，又是他带领运粮队再次从这里出发，跋涉走进拉萨……

香日德，静谧又丰盈的香日德，它虽有暗影，更有太多的光芒，这光芒使它没有负担，只有平静。正是在这平静中慕生忠和他的队伍习惯了长途跋涉，以出其不意的速度向西藏进军。

离开香日德的前一天，天空飘起了雪花，很快香日德就被一片白雪覆掩。落雪的时候慕生忠出远门。这时他还特地做了一件事：给那两车树苗喷上了足够的水分。要上路了，不能让这些宝贝渴着，饿着。

树苗？

原来，那天从西宁出发前行两个小时，到了日月山下的湟源县城，慕生忠特地停车买了些杨树、柳树苗，足足装了两汽车。大家不解，问："咱们修路，带这么多树做啥？"他说："扎根高原嘛。"

人们也没有再问下去。

慕生忠从北京回到高原这些天，总有一句话不离嘴边，他让大家做好在高原扎根的思想准备。今天又要叫树扎根，这里面藏着什么玄机呢？

车子开动了，车厢里的树苗随着车的颠簸东倒西歪。这时，慕生忠才给大家讲了他买这些树苗的真实想法：

"我不是已经说过了吗？我们把公路修到了拉萨，青藏高原就会大变样的。咋个变法，从哪里变起？依我看从格尔木这个地方变起是大势所趋，要不了多少年，格尔木就会成为青藏高原上一个了不起的新兴城市。这样，我们对格尔木就不能慢待了，要把它建成美丽的花园。大家想想，如果没有树，格尔木还能叫花园吗？我看不行，绝对不行！"他在讲这番话时突然音亮就高了八度，"树扎根，人更要扎根。人养树，树也养人，这才叫真正的大花园呢！"

有人半亮起嗓门问："政委，人养树好说，可这树养人咋个养法？"

慕生忠无法弄清是谁这样问他，只朝发问的地方瞪了一眼，说："你问我，我问谁？问你婆姨去，她能生娃娃，树就能养人！"

那人继续说："俺还不知道搂着媳妇睡觉是啥滋味呢。可俺呢，生不了娃娃也养不成树。"

慕生忠生气了，吼一声："你给我住嘴，罚你栽十棵树！"

没人敢吭声了。

要说慕生忠讲这话时缺乏自信，那绝对是错了。但是要说他的底气有点不足，那倒真有那么一点。毕竟一切刚开始，前面还会遇到什么，他现在说不清楚。也许这两车树苗会给自己壮胆助阵！

到了格尔木后，慕生忠带头挖坑栽树，把那些树苗在落脚的帐篷周围栽了两大片，杨柳分栽，高低错落有致，齐刷刷各列各的方阵。荒芜了千百年的戈壁滩迎来这批新客绿苗，享受着舒心的幸福。慕生忠似乎听到了土地与树苗的对话，土地对树苗说：扎根吧，扎得更深一点。树苗听了高兴地转头相告：扎根要深，深处有地下河，深处有不冻泉！头一年这些树苗大部分都成活了。慕生忠心里有些微的甜，脸上的笑并不厚。他知道这渴极了的戈壁，给它个苗儿就会逮住，但能否长久，还两说。果然经过第二个冬天寒风冷气的无情袭击，活下来的树苗还没有一半，却越是显得苍劲了。这就是最早出现在格尔木的绿地。慕生忠望着蓬勃生长的树苗动情地说："望柳成荫！"同志们将这四个字咀嚼了半天，终有所悟。后来，大家就根据这四个字的意思，把那片柳树叫望柳庄，另一片杨树叫成荫村。至今，50年岁月消逝了，这些杨柳树已经出脱成合抱粗壮的大树了，柳梢过檐，杨枝钻天。

慕生忠的队伍开拔到了修路前沿。他一直走在队伍的前面，头昂得高高的，亮亮的目光简直能把满天的乌云刺开一道口子。

我们不能不提到他的兵，将军怎么可以没有兵！十个兵，一个司令十个兵。就这么个队伍，说精悍也行，说单薄也许更确切。他在开工前首先来看望十个兵，他看每个兵时，目光坚定而自信。

这目光擦亮了长途行军给工兵们身上带来的疲劳，擦亮了阿尔顿曲克草原的山冈。他对兵说："我带着你们就要修路了，这条路叫青藏公路，是史无前例的中国建设史上的一项工程。我们能代表全军指战员参加这个工程很光荣，肩上的担子很重。我像你们一样要把身上的每份热都发挥出来！"接下来，他讲了这次修路非同寻常的重要意义，当然是从他两次跋涉进藏讲起的。

告别十个工兵，慕生忠就来到了工地上。这时还没开工，工地上显得异常寂静。不知为什么，他举目看远处的山冈时，觉得眼前变得模糊起来。他用手摸摸眼眶，湿湿的。

不是泪？

十个兵来修路，来修举世闻名的青藏公路。今天的人们看待、评价这支队伍时，大概会钦佩多于惊疑。当然也会有为数不少的人可能是惊疑多于钦佩。十个兵不就是一个班吗，怎么修这样一条史无前例的公路？可是慕生忠已经满足了，这是经过彭德怀司令员批准才上高原的十个兵呀！

河床裸露着层层卵石，水已经干涸。这时读河人可以深入河心，研读流水的去向。

当时和后来，慕生忠将军提起这十个工兵时，多次给人们讲过这样的话："我们再不是那个小米加步枪的年代了，鸟枪换炮，子弹很有杀伤力！"人们反复揣摩他这番话，终于明白了，他最自豪的大概就是彭老总亲自点将给他的这十个兵，更何况将军的身后还有运输总队拉骆驼的那一批民工呢！

这些人当时被人们称为骆驼客，慕生忠对他们说："弟兄们，从今天起我们就正式把骆驼客这个名字改掉，叫修路民工。你们都要留下修青藏公路了。你们当中不少人跟着我跑了一趟或两趟西藏，腿肚子有了劲，脑子里装了不少在青藏高原生活的经验。现在要修公路了，当然首先是我们这些人打冲锋！"

他的话音刚一落，就有人说："我还是当我的骆驼客吧，不要当民工。"

接下来，慕生忠的话里就免不了带着几分恳求，甚至几分歉意："我知道，修路会让大家吃不少苦，受不少罪。但这路总得有人来修，我们这些有了跑西藏经验的人不去让谁去？"

他讲完这番话后，运输总队就算正式解散了，修路大队便应运而生。

因了寒冷，冬夜必然有风。

将军的话引来阵阵慌乱，骚动。多数人听说要留下来修路，脑袋像被重石击了一下似的发蒙。从骆驼客到修路民工这是人生的一次飞跃，虽说不上是大起大落的变异，却也是人生的一次重要经历，如果说以前是"候鸟"的话，现在要当"留鸟"了。这个弯子就那多容易转吗？舍家撇妻冒着生命危险为西藏运粮，咬着牙忍了。运罢粮又去探路，第二次咬咬牙也硬着头皮再走一遭，再忍一次。现在又要留下来修路，这第三次咬牙，牙根就发软发酸咬不下去了。慕生忠把运粮队变成修路队这个决定是宣布了，可像捅了马蜂窝，骆驼客们全炸了！

有的人说，当初说好我们是骆驼客，修路是另一码子事，轮不到我骆驼客的头上。

另有一些人则敲明叫响地嚷嚷道，这个地方吸口空气比吃一碗饭金贵，空着手走路都喘气，再抡着大锤干出力气的活不把人累死也得憋死……

这些话都是说给慕生忠听的，他又不聋，自然都灌进了耳朵。你总不能说这些话没有道理。可话又说回来，世上的事本来就蛮复杂，也很辩证，你说的话有道理就不一定照你的去办。因为道理还有大小之分，大道理要管小道理。他把几个骨干叫到他的帐篷里，对他们说："你们都听到了吧，那么多的人都说在高原上干活能把人憋死、累死，我就不相信这鬼话，你们也不会相信吧！我们不是已经跑了两趟西藏吗，固然有人献出了生命，但绝大多数的人不是都好端端地回来了吗？没那么可怕，没那么悬乎。别听他们把高原咒得像地狱一样阴森！"

骨干们没一个人说话，他们只是抬起头望了望他。

后来，慕生忠使出了个绝招。真是绝招！快要枯萎的生命才开始萌芽。

他把所有骆驼客集合起来，开会。

"你们要走，我也不能拿缰绳把你们拴住。可是我慕生忠不能走，为啥？高原需要一条公路，我要修路。话又说回来，你们都回家搂婆姨抱孩子了，留下我，我不变成了光杆司令。这也没办法，那我就带着我那十个兵修路吧！你们要走，可以，但我有个条件，走之前再帮我一把，拿出一天时间开荒种地，我要在格尔木种菜。人种菜，菜养人。我还是这句老话。大家帮我种菜，就这个条件，不算苛刻吧？"

有人马上说："没问题，我们能开荒！"

慕生忠按照心里早就盘算好的路数走下去。他组织了九十个人，十人为一组，开始挖地。要求每组挖地三亩。骆驼客们都急着回家，就鼓出骨头铆铆里的劲挖地，连休息的时间都搭到铁镐尖上了，开荒，早点开出三亩地，好回家。这样只用了一天就完成了任务。这就是格尔木最早出现的"二十七亩园"。今天这块地早就被幢幢楼房淹没得无影无踪，但是那块写着"二十七亩园"的指示牌，告诉后来人这儿曾经发生的故事。

地开出来了，大家高兴，慕生忠更高兴。第二天，他把同志们集合起来，又开会。他说话的调门不高不低，可听的人感到很有分量，砸他们的心，敲他们的肋：

"有人认为在青藏高原不能干体力活，一使力气就死人。昨天你们每人开了三分地，这活不轻呀，谁个病了，谁个死了？病了的给我举起手，死了的吭一声。没有吧！我要感谢大家，这二十七亩地开得好呀，说明人在这里是能劳动的，说明人是可以战胜大自然的。我没说错吧！"

骆驼客们都低下了头，不是羞愧难当，而是感到老政委把他们套住了，用他们自己的巴掌扇他们的嘴巴。慕生忠又说：

"眼下，进藏的同志等着吃粮，他们在饿肚子，我们运输队却没有很好地完成任务，把一半的粮食丢在了半路上，有些人还要闹着回老家，这不是开小差吗？今天我决定，一个人也不许走，好样的都留下来跟着我给西藏修路！"

他说着就激动起来了，一步踏上了那辆汽车的脚踏板，高嗓门粗喉咙地说：

"这是彭老总拨给我们的汽车，周总理批准了我们的修路计划。

大家把眼光放远点，不要总瞅着脚尖尖前那块地方。柴达木会变成大花园的，青藏公路会修成世界屋脊上的大动脉。我们是开发格尔木的第一代人，大家的肩上挑着重担！同志们，都跟着我慕生忠干啊！"

没有人反应。他越是讲得动情，会场上反而冷漠了。

许久，有几个人在一起咬耳朵，叽咕着。慕生忠听见了，他们在说，"原来他让我们开地是搞阴谋，给我们下套套。"慕生忠逮住这话立即回应："这是阳谋，不是阴谋。偷鸡摸狗那才叫阴谋，光天化日之下，我慕生忠让大家给西藏同胞做好事，百年千年的大好事，这怎么能叫搞阴谋！"

河西走廊来的一个民工，终于按捺不住心头的怨气，站起来大声嚷叫：

"让开地，我们就老老实实地开地，谁知上当了！我不留，谁愿意留下谁留。我们是拉骆驼的，不是来修路，这个钱不挣了！不挣钱了，谁还敢拦住我！回老家，打回老家去！"

这小子不住地嚷着。慕生忠看出他是要鼓动大家闹事，动摇军心，便大声吼了一声，"你不留下就滚球蛋，喊什么喊！"那小子不听招呼还在喊着。慕生忠问："你叫什么名字？"那人并不隐瞒，马上就通名报姓：郭××。之后就甩手摇膀地走出了会场。

慕生忠记住了这个姓郭的小子。

晚上，慕生忠一只手捏着手电筒，另一只手提着马鞭子，一个帐篷一个帐篷地串着。说是查铺，实际是想看看大家的动静，做点稳定人心的思想工作。当然，也要顺便看看那个姓郭的小子在群众中做了什么鼓动大家离队的事没有。

不要认为他拿马鞭子要打人，完全不是这么回事。自上高原以来，他的手里总不离这根马鞭子，他没告诉任何人这是为了什么，但是大家猜想，大概出于安全考虑吧！当兵的出身嘛，手里提个家伙威风。

慕生忠正在串帐篷，那马鞭子在手里一晃一晃的，还不时带些响声。今晚他照例喝了点酒，脸上红红的，走起路来步子很快，没有醉，只是有一点点飘。大约在串了全部帐篷的一半时，他听见了喊声：

"有人跑了！"

慕生忠很警觉，提着马鞭子追了出去。

"人呢？跑了几个？"

"有三四个，卷起铺盖就跑，刚跑的。拦都拦不住！"

"放开让他们跑，看能跑到天上还是钻进地下？要告诉这些开小差的人，往西跑是大沙漠，没水没吃的，连只野狼都遇不到，还不活活地把他们饿死渴死；往北跑是祁连山，不要说上山，那片盐湖就把他们困住了；往东跑，那倒是我们开辟出来的路，可以跑到西宁。不过，我们一定会派人把他们追回来的。告诉他，只能向南跑，往拉萨跑。放开让他跑，往拉萨跑！那地方是我们修路的战场，正需要人呢！"

这时，有人告诉慕生忠，跑的人都被追回来了。果然，有三个低头蔫脑的人站在了面前。慕生忠一眼就认出了那个姓郭的，满腔的气愤不打一处来，他甩动了几下手中的马鞭子，说：

"你小子，又是你！我料定就是你带头闹的事，看我今天怎么收拾你。来人，把他给我捆起来！"

他常常会来点"军阀主义"，多是用来吓唬人的，这次也不例外。

没想到随他查帐篷的通信员真的把姓郭的给捆起来了。他没阻拦。

慕生忠下肚的酒这时似乎才挥发开来，他半醉半醒地站在姓郭的面前，问道：

"你小子闹腾够了吧，这回还闹吗？老实一点我就放了你，再不老实我还要抽你。"他手里有马鞭子，那不是专门打人的，但大家见了害怕，这是真的。

没想到姓郭的软硬不吃，他还是那一番说过多少次的话："我是拉骆驼的，当初并没有让我修路，我要回家！你不让回家，我就跑。"

慕生忠这直杠杠脾气，哪里能容得这样的混子和自己犟嘴。他心一横，就抽了姓郭的两鞭子。姓郭的倒在了地上。

慕生忠将马鞭子摔在地上，气呼呼地走了。

通信员刚走了两步，被一起串帐篷的测路队队长张震寰喊住："你还不赶快给人松绑？"

通信员有意和慕生忠拉开了一段距离，这才小声对张说："人是我捆的，可命令是政委下的，没他的话我敢松绑吗？"

慕生忠回到帐篷里，将身子一撂，躺在了行军床上，点着一支卷烟，狠吸一口，咽进肚里。再狠吸一口，又咽进去。一支烟抽完了，酒劲消散了许多，脑子也清醒了些。不由得想起刚才捆人的事，心头涌满怒气。他见通信员站在床头，便有了发泄的对象，说：

"你长眼睛是出气的，看着让我捆人打人犯错误？那姓郭的怎么样了，还不赶紧给我看看去！"

慕生忠终于消气了，通信员高兴地撒腿就跑去给郭某松了绑。他边松边替政委向对方圆场：

"政委这人是刀子嘴豆腐心，别看他那么狠心，可关心起人来还真挺周到的。再加上他喝了点酒，心里一急，就做了过头的事。你这个人呀，我也看出来了，很犟，不是那种在别人面前低头过日子的人，你顶撞他，乱了军心，他还能高兴？"

姓郭的至此仍不服气，说："他对我来这一套和军阀有什么区别？我就不服他这个气，他不把打我的事说出个道道来，我就不修路！"

"好，我来了，咱们俩好好说说，你有什么气就往外撒吧！"慕生忠不知什么时候跟在了后面，这时猛不丁地说了话。手里还掂着个酒壶。

慕生忠示意通信员让开，他和姓郭的走在了一起。两人无语，一直走到了沙滩上。慕生忠掂着酒壶，姓郭的低着头，谁也不理谁。两个人走在一起，却像隔着一条河。

真的，一条河横在面前，格尔木河。刚解冻的河水，哗啦哗啦地流着。

两人止步。

慕生忠上前，蹲到河边，撩起河水，洗了把脸。他回过头，对姓郭的小伙子说：

"小郭，叫你小郭可以吧，我最起码大你15岁！小郭，瞧你那脸，哭成了花脸狼，一道一道的泪痕，洗一把吧！"

小郭站着没动。

慕生忠此时的酒劲已经完全消散完了，不过他想让对方喝酒，以酒解愁，以酒讲和。他把酒壶递过去，小郭不但不接，还退了一步。

赌气。

谁赌谁的气？

一个将军，一个骆驼客。地位相差很大，年龄相距足有一辈人，不是将军给骆驼客赌气，而是骆驼客死活不理睬将军。是因为将军小看了骆驼客，欺侮了骆驼客。泥人还有个泥性呢，骆驼客也是人呀！你当将军的耍威风，他就不服！

终于，慕生忠让步了，低头认错了。他再次把酒壶递上去，千诚万感地说：

"小郭，你看我这是第二次给你递酒了，你再不接，我可就一口喝光了！"

这句话把石头人也能砸出水来。小伙子终于释怀了，他眼泪汪汪地用双手接过酒壶，举过头顶，反过来给慕生忠敬酒。

慕生忠举手按住酒壶，说："这是我的谢罪酒，我敬你。我刚才犯了军阀主义的错误，我给你认错。"

小伙子"扑通"一下跪在慕生忠面前，抱住他的双腿，说：

"政委，你可别这样说了，都是我的错。你让我们留下修路又不是为了你自家，还不是为国家为人民着想，我不争气，让你为难，让你生气。政委，你再抽我几鞭吧，我再也不恨你了……"

慕生忠扶起小郭，他这才指指酒壶，笑着说："小郭，你以为我要拿酒灌你，其实是空壶。我喝醉酒犯了错误，不能再让你也跟着犯错误。空酒壶哄娃，把娃哄乖了。怎么又上当了吧！"

小郭破涕为笑。这就是慕政委，真拿他没办法！

此时慕生忠抬头一看，面前不知什么时候又站着几个民工。他们正是刚才与姓郭的小伙子一起逃跑的同伴，现在都回到了将军身边。

生活中确实常有这样的事：许多装满酒的瓶子是空的，可慕生忠这无酒的空瓶有永久的醇香。

解冻的格尔木河里，漂动着一块块刚断裂的冰块，它们互相撞击着奔向远方，是寻觅更深的旋涡，还是流向大海？

这是一个历史性的日子：1954 年 5 月 11 日。

共六个工程队，每队 200 人。各队分到了同样的骆驼：100 峰，这是修路中搬家、保障供应唯一的运输力量。

队伍正式走向工地前，慕生忠有个动员，非常简要，铿锵有力：

"我们要做的事情从现在开始就正式干起来了。这是一个不平常的事业，因为我们修的这条青藏公路，在历史上是没有人干过的事情。我相信我们能干成，我们每个人都应该有这样的自信心。你看吧，咱们在青藏高原拉过骆驼，骆驼死了不少，可我们的人绝大多数好好地回来了。这样的人是经过九死一生考验的，还不能修好路？会，一定会的！我要和大家一起，同甘共苦，把路修好。我是说话算数的，你们也应该说话算数。我们只有把路修到了拉萨，这才叫说话算数！"

这时慕生忠手里提着一把铁镐。几乎所有的人都看到他的镐把上用烙铁烙着五个字："慕生忠之墓"。大家的目光都盯着那五个字，谁都明白他的意思：如果他死了，这把铁镐就是他的墓碑。

他讲这番话时，嗓音是沙哑的。他好长时间没喝水了，感到很渴。因为他体内也有一片小沙漠。

当将军举起铁镐开挖千年沉睡的戈壁时，那五个字喷发着烈火般的光芒。

第四章

艾家沟口，是筑路队遇到的第一个"碉堡"。慕生忠脖子上挂着军用望远镜，站在崖畔，默默地望着沟底，把本来漫长的施工期浓缩成一句话：八天拿下它！

艾家沟口的蚊子吸人血叮人肉，每个人的身上都留下了成片成堆的肿疮，疼得痒得人整天浑身不自在。慕生忠改善营养不良有绝招：格尔木自产的干柴棍似的小萝卜。

慕生忠发现了纽扣花，她从寂寞岁月深处走来，灿然一生，无声无息。将军告诉同志们：谁也不许踩了她！这是咱高原人自己的花。

慕生忠带领他的修路队伍出发了。

他把心从胸腔里拿出来，捧在手上，面朝西南方向，默然肃立，仰起的脸写满坚毅。他在做什么呢？

无人去问，他也没说。但是谁的心里都明白，他是向西藏承诺，他的队伍一定要把公路修到拉萨去。他明明白白讲给大家听的话是：我们要用我们的双手特别是我们对西藏的感情，在高原上的每一天都要创造出奇迹。

艾家沟是这些奇迹中的第一个。

这是修筑青藏公路最先碰到的硬骨头，这个地方最初大家叫它"艾吉勒"。

据说"艾吉勒"是蒙古语，什么意思？我至今没弄明白。我在格尔木访问了好几个人，包括一些蒙古族牧民，也没有搞清楚。一次，我和一位格尔木人探讨这个名字的含意，旁边他正上三年级的小女儿插嘴道："叔叔，你们写错字了，不是'艾吉勒'，应该是'爱吉利'。"那时修路谁不愿意大吉大利。我和她爸听了都爽笑一阵。小女孩的想象力比我们丰富，谁能说她说的没道理呢。不去管它了，反正现在这个名字已经躺在昆仑山里处于休克状态，很少有人记得它了。人们知道的名字叫"艾家沟口"。

我们在前面已经提到，青藏公路沿线的许多地名都是慕生忠的"作品"。当时修路到了一个地方，那里根本没有地名，或者谁也不知道它的地名，曾经在此住过的人早随着一朵云彩飘到了谁也无法找到的另一朵云彩下。无名地总得有个名字呀，这样慕生忠就大显身手了。他根据当时的具体情况，如地形地貌特征、气候状况及施工难易，脑子一转嘴里就会吐出一个很形象的名字，那个地方从此就有了名字。将军的声音也永久地留在了青藏山水间。一条从雪山深处奔腾而来的河，穿山过岭，涛声震耳，水面上浮游着数不清的冰块，冰块上冻着数不清的片片积雪，他便说，这河就叫雪水河吧。这是两座山，公路要从山腰通过，必须架桥，远瞧那桥犹在天畔，他给这桥起名天涯桥。山脚下有一泓温泉，寒冬里腾腾热气也拂满泉里，他把这个地方叫不冻泉……慕生忠喊出这些新生的地名时，那是雄鸡呼唤黎明的声音，不但悦耳且充满希望。开心岭、乌丽、五道梁、西大滩、风火山……无一不是这种美丽的感觉，大地的回声，绿苗的呼吸。一个又一个陌生而新鲜的地名，是一种结束也是一种开始。结束了走过的无声岁月，同时为今后无数有故事的日子打上有价值的标记。

唯"艾家沟口"例外，它不是慕生忠命名，而是修路人的集体创作。但是这个地名的命名仍然与他有关。

人们在一个新的起点，触摸到了逝去的那段岁月。他的灵魂生就的与他那个家庭有别，不坨蹴着脑袋，屈曲于另一种势力……

传奇的慕生忠，没有被破落地主家庭出身这个沉重的包袱羁绊住前进的脚步。非但没有反而张扬了他的叛逆性格。他背叛家族最初的动因，是看到周围那么多衣不遮体食不果腹的穷人在饥饿之中挣扎。这使他在那个相对富裕的家庭里生活得很不舒服。于是在一番思谋之后，他毅然地离开了虽然衣食不缺但精神极度空虚的环境，渴极了似的投奔革命。入党那年他只有 23 岁，年轻的共产党员心火很旺，决心从黑暗的世道里杀出一片光明天地。为了自己，也为了那些受罪的穷人。他要自由，穷人要吃饭要穿衣。慕生忠的心比天大，他揭竿拉队，组织起了一支杀恶锄奸的游击队，神出鬼没地在山沟河汉与敌人周旋，瞅准目标就打，狠狠揍那些坏蛋。能打死的绝不饶命，打不死也要让敌人活得不舒服。恶人不容他的存在却又奈何他不得，明明看到他在东边的山间活动，围剿过去他又带着队伍在西边的河湾里打富济贫。地方上那些反动派自有制服他的办法，他们便穷凶极恶地杀害了他的家人。敌人的疯狂和最后的挣扎只能激起慕生忠的深仇大恨，他对天起誓，不除掉为非作歹的恶人，誓不为人。于是他化名艾拯民，更加神秘地与反动派斗争，他亲手提下了不少坏蛋的脑袋，敌人使出吃奶的劲儿抓捕他，可连他的行踪都摸不清。"艾大胆"大义灭亲的故事在陕北无人不知。他的妹子嫁给一家大地主，当时也算是门当户对吧！"艾大胆"揭竿革命后，怎么看都觉得妹子一家和穷人不是一根藤上的瓜。他便把妹夫叫出来，让他将家里的粮食交给游击队，分给穷人。妹夫听了，眼珠瞪得跟牛眼似的，谁敢？"艾大胆"破了嗓门似的吐出两个字：我敢！他大手一挥，游击队就收缴了妹夫家的粮食。陕北红军领导人刘志丹夸他是个智勇双全的战士，远近的乡里百姓叫他"艾大胆"。中央红军到达陕北吴起镇时，他带着一帮人马早早地站在吴起镇城外迎接毛主席和中央领导人。后来，他率领的游击队又东渡黄河，转战于晋西吕梁地区 20 多个县，杀敌锄奸，造福百姓。在长期的战斗生活中，"艾大胆"一次次地穿过死亡线，身上留下了 27 块伤疤。

阎锡山对艾大胆恼火却无奈，曾悬赏十万大洋买他的头。想领取这十万大洋的人倒不在少数，却没有一个能斗得过"艾大胆"。艾拯民风趣地讥笑阎锡山：脑袋长在我艾拯民身上，最有资格领赏十万大洋的只有我。别人想得到它，得让我批准才行！

　　浑身的勇敢，超人的智慧，这就是慕生忠！

　　现在，他又带领队伍在青藏高原修筑公路，经历着另一种战斗。还是那个精气神，还是那个"艾大胆"。艾家沟口是他们遇到的第一个"碉堡"。碉堡，这是慕生忠的比喻，他总是不忘自己是个战士。拿枪的人不攻碉堡，那不成了软蛋。

艾家沟口，这也是修筑青藏公路的工程人员起的第一个地名。估摸这个"艾"字可能来自"艾大胆"。这样，"艾家沟口"就是大家送给慕生忠尊贵的礼物。是谁用的脑子？已经无法考证了。但是，慕生忠觉察到了，他把测路队的负责人张震寰叫来，问："艾家沟口？谁的主意？"张震寰如实回答："真的，我不知道。昨天就听到大家都这么叫了。这地方总得有个名字嘛，我看已经叫起来了就这么着吧！"慕生忠眼睛一瞪："这就这么叫？你难道不知道吗，我慕生忠的外号叫'艾大胆'？"张震寰以为犯忌了，马上说："那另起名字，不叫艾家沟口了。"慕生忠说："不，就叫艾家沟口。好，叫得好！'艾大胆'，咱们就用这种精神修路，还愁修不好！"

一言九鼎。

从格尔木乘车行驶一个来小时，40公里路，就到了艾家沟口。那时还没有汽车，需步行整整一天，还得摸着星光上路踩着夕阳到达。确切地说，艾家沟口是一条河，群山中的河，两岸的悬崖少说也有十余丈高。颇有点山沟的意思，沟底就是河床，滔滔激流卷着浪花奔腾不息地流向远方。一里外都能听见涛声。好像一面鼓，又一面鼓，许多鼓在沟底催动，奔腾。那是一种唤醒世界的呐喊，一种创造生命的奔涌！听到这涛声人们很快就会想到它能为我们展现美妙的里程。这条河叫雪水河，公路要从沟口的崖上修到沟底，再爬上对岸。对岸也是直陡陡的崖壁。

慕生忠脖子上挂着军用望远镜，站在崖畔，默默地望着沟底，许久，许久。他的心站在更高的山冈上。

他有话要说，必须要说。这个起点上应该留下他的一句格言，但是他只是沉默。他把自己磐石般的形象留在了崖上，他的兵都看见了。他能够用形象诉说一切。

等他转身融入队伍中时，那磐石般的身影就被镐锹的合奏淹没了。

他们必须在雪水河两岸的陡壁上各开挖出一条长 200 米、宽 8 米的斜坡公路。这时慕生忠才说话了：

"八天完成任务，多一天都打屁股板！"

在这样的陡壁上修路谁都没有经验，八天的期限未免太苛啬了，能有把握吗？但是，没有人喊困难，也没有人拍胸脯。慕生忠看出来了，他的修路队伍在犹豫，没有把握就是犹豫。这个时候推一把他们就迈过这个坎了。他又一次走到了那个崖畔，仍然是磐石般的那个身影。不过，他不再沉默，而是大声地重复了他说过的话：

"记住了吗？八天，就八天！我们要拿下这个碉堡！"

十多个字，分成两层意思。一声斩钉截铁般的短语滚下沟去，另一声紧跟着，像两块石头碰在一起。河里浪花飞溅。

是他这一声，把浪花吓得在河里翻了起来！

接下来，又是沉默。铁镐铁锹才能挖破的沉默。

艾家沟口的地质是异常坚固的沙碛石，放炮也难以炸掉的硬质。何况他们的炸药极缺。哪敢轻易动用！民工们只能用镐刨，一镐下去只能啃下核桃大一块碛石，还真像核桃。满眼是镐头一扬一落的亮刃，大家在刨挖着"核桃"……

八天，在这干燥的高原，刮一阵风沙或卷一场暴雪，就匆匆地过去了。一瞬间的事！可是，现在要在从来没有路的陡崖上修一条公路，就用镐头那么一点一点地啃"核桃"，不住地啃，啃出一条公路来！时间就莫名其妙地显得黏黏糊糊的漫长了。

何日才能修通沟里的路？八天是他规定的日子。

最先惆怅的还是慕生忠。此时，他站在崖畔，面对夕阳，一个苦愁的背影，一个完美的背影。不过，不是他一人，而是好几人。

他正和大家商量事情……

太阳渐渐地落山了。老慕的自信点燃了如火的夕阳。他和他们，面对夕阳，给世界一个完美的背影，光芒四射。

慕生忠当然不可能让修路人都变成三头六臂，那怎么可能呢？但是，他完全可以也非常有必要让他的队伍里的每个人在有限的空间发挥最大的能量，做出最好的成绩。坎坎，沟沟，到处都会有。他要让生活像平铺的白雪一样一览无余。要达到这样的目的，这就要靠他和他的一班领导成员去组织队伍，去创造条件。

他的要强，他的倔劲，使几个带头人一夜都没睡觉，窝在他的帐篷里商讨艾家沟口这一仗如何去打。

经过脑子的水可以变成酒。

手心里也能攥起大海的涛声。

慕生忠的智慧在雪水河里闪光。是他聚集了众人的经验、构想和谋略。施工队伍重新调整，出现了新的阵容——

全体人员分成两个队，一个队过河到西岸去施工，另一个队留在东岸修路。每个队又开辟两个战场，两个战场在两边相向施工，开展竞赛。所有的施工点上都有包括慕生忠在内的领导成员和大家一起劳动。荒原、河流、大山，在刹那间惊醒。

艾家沟口只是在一眨眼的工夫就变成了热火朝天的劳动场面。

这一刻之前，青藏高原始终裹着密不透气的冰雪的睡衣沉眠。积雪、冰川、戈壁滩，没有语言，只有死寂一般的打鼾。现在真的醒了，有人给它突然揭去睡衣，迷醉的山峦从冬的深处缩着尴尬的山脚丫缓步而来，幽谷中大片大片的草地在春风柔柔中吹起充满活力的褶裙，那些蛰冬的叫不上名字的小动物害羞地从洞穴中探出身躯。当然，最生动的也是高原醒过来的最主要的旋律，仍然是镐声锹声的脆响，还有那些黑压压攒动的人头。高远的云天下，劳作的人重复着简洁的动作和号子。

整个高原仿佛都停止了呼吸，在倾听这亘古以来未有过的旋律。艾家沟口涌动着生命，雪水河也好像被这脆响提升到了天空。

风从草上走过，留下的是草弯了一下腰，随后又站起来。

毕竟他是一位从战争硝烟里滚出来的老军人，尽管他有不少超前的新意识——这一点甚至使他同时代的人望尘莫及。但就本质而言，他是个军人，农民出身的将军。眼下，艾家沟口的修路战斗在他的指挥下轰轰烈烈地打响了，他所负载的压力比任何一个参加修路的人都要大，是别人无法替代的那种压力。八天拿下艾家沟口的任务，这是他提出来的，要说一点把握都没有那是冤枉了他，但要说很有把握那是高抬了他。不管怎么说，既然说出口了，就要兑现，必须兑现！雷厉风行的军人从来说话算数。

慕生忠自从腰里别上砍刀走进闹红的队伍那天起，就是这种脾性。改不了，也不必改。

来艾家沟口修路的第一天晚上，他就失眠了。他也想睡，但是无法入睡，也不能睡。他思考着如何在这个他规定的有限的八天里，完成任务。"对。就这么办！"他下定了决心，便起身披衣，给修路队几位领导通了气后，又去找几个施工队长。

老远他就听见一阵阵号子声，撞破耳膜般地传来。所有的帐篷里都空空荡荡。号子声把他牵到了工地上。这使他很兴奋，他大声喊着一个队长的名字："马珍，马珍！"

一脸泥汗的马珍站在了慕生忠面前。这是一位从宁夏来的回族汉子。

慕生忠开始布置他已经谋计好的计划，他对马珍说："咱们要开展劳动竞赛，由我当裁判，评出个先好后劣。"

马珍哈哈一笑："政委，你这是正月十五请门神爷，晚了半个月啦。我们几个队已经开始竞赛了！"

慕生忠的手一摆，说："不算！那是民间的自发行动。我这是官办，要评出劳模，包括个人和单位，有奖品，还发奖金。"

马珍一蹦三尺高，快乐地问："奖金？多少？"

"红旗一面，奖金每人五元。"

这时，另外两个和马珍率领的工程队摽着劲施工的队长也赶来了，他们已经听见了慕生忠的话，响着一个嗓音地问：

"政委，你说的可当真，奖金五元，还有红旗？"

慕生忠回答得干巴利索脆："不兑现的空话我从来不说。唾沫落地一个钉，可丁可卯，不打折扣。你们马上回去给大家宣布。奖金五元，竞赛开始！"

三个队长像兔子似的一蹦一跳地融进了施工的浪潮里。

也许就是这五元钱，也许就是这一面红旗，工地上的夜晚一下子就亢奋得沸腾起来了。工具刨地的碰撞声，断了又续的号子声，领班人凌厉的吆喝声，当然还有雪水河的流淌声，组合成一股雄浑、急切的旋律伏地而来，掠空而去。回忆无穷，想象无限。把从来就死沉沉的高原之夜搅得六神无主地战栗着。世界不会因这个夜晚的喧噪而有什么根本的改变，但世界在这个夜晚确实领略了青藏公路筑路人的风采，给了他们应有的位置。这就是艾家沟口应该跟着这些人的感觉走。

就在人们锋芒毕露地不计辛劳地劳动着的时候，原先一直谋算着如何在八天里完成任务的慕生忠，这阵子却跑前跑后地劝阻大家悠着点干，身体要紧，歇歇气，喝口润润嗓子的白开水。他的身后跟着送水的人。

领受慕生忠关爱的人肯定会有的。但是，不会是马珍，马珍是个一旦把他的劲头抖起来就不会松绑的家伙，这时他挑高嗓门跟他的政委开起了玩笑：

"政委，谢谢你了。水可以喝一口，歇嘛，就免了！那五元钱太眼馋人了，一歇钱就飞到别人兜里去了。谢谢政委！"

其实慕生忠就爱听这样的玩笑话，但并不表露出来，只是笑着说："你小子就惦着钱。好好干，小心别人抢到前面夺走了红旗，你就一分钱也别想捞着！"这是他变着个说法给马珍上弦，领导的艺术。

马珍接过送水人递上来的碗，像犍牛饮水似的饱喝一顿，拍拍肚子："有了，全在这儿装着，谁也别想跟我争跟我抢！"

慕生忠就喜欢这样的人，他把马珍这个名字揣在心灵最深处。

夜幕重重地笼罩着高原，通天通地乌鸦一般的黑，唯艾家沟口像白昼一样通亮，沸腾。到了后半夜，慕生忠像赶羊归圈似的硬是把大家赶进帐篷去休息，这块天地才瞬间安静下来。工地的某个地方还在醒着。

不眠的人被月光找到。

远处的小路上，手电光一闪一闪，点燃着夜色。

——慕生忠。

——巡夜……

大家倒是进了帐篷，也躺下了。但是，睡不着。

戈壁滩的夜，睡觉比干活还要折磨人。

白天太阳暴晒，沙石冒着热气，脚踩上去火燎燎地烤咬人。

毒阳是针穿透衣衫，把人们的双臂、脊背都晒卷了皮。大家盼着夜晚来临，太阳压山了，总会好一些吧。不，夜里大地在瞬间变得像冰窖一样瘆凉。民工休息了，那些白天吮吸修路人的血喂得半饥半饱的蚊子，此刻报复似的加倍吸人血叮人肉，填充那一半空着的胃囊。它们把人的手、脸咬肿了，又去叮脖子、脚腕。蚊咬人，人却无法灭蚊。没有药水及打蚊工具这是不足为怪的，当你以手当拍去击打蚊子时，喝足血的蚊子会立即唱着令人讨厌却自鸣得意的曲子远走高飞。嘿嘿，东边不亮西边亮，蚊子又飞到别处把那长长的"刀"嘴插入另一个人的肉里。

若干年后，我采访过从艾家沟口走过来的一些人，他们给我回忆起那里的蚊子时，总要不约而同地提到这样两码事：一是发愁上厕所，你刚蹲下去还没开始办事，蚊子就钻到了下面，赶也赶不走。跑一回厕所屁股上肯定要留下成片成堆的肿疮，疼得痒得你整天不自在；二是吃饭时那些饿狼似的蚊子也急脚慌手地往饭碗里扑，大概它们以为饭菜也是它们的美食，岂不知蚊子扑进饭菜里，扑腾了几下就淹死了。这饭还怎么吃？蚊子！艾家沟口的蚊子，像凶神恶鬼似的把修路人折磨得够呛！

30 年后，为创作一部报告文学，我在艾家沟口（此时这个名字早已被后来人遗忘，改名为格尔木南山口）的某部队仓库体验生活。我真没想到青藏公路通车都 30 年了，这里的蚊子还像当年一样那么凶残，肆无忌惮地叮咬人。我在后来创作的报告文学《青藏高原之脊》中，有这样一段描写蚊子和与蚊子有关的文字：

……

我到仓库的那天中午，太阳把戈壁滩暴晒得发烫，战士们风尘仆仆地刚从外面进屋。我问，你们干什么去了？排长答，每天晚上和中午休息前他们照例要和阶级敌人决战一次，这样才能安然入睡。还说每次歼灭敌人都上千甚至数千个以上。我被弄糊涂了，什么阶级敌人？什么灭敌上千？这是哪跟哪儿呀？弄明白这里面的蹊跷是我看了仓库后面的蚊子沟以后。原来说不上什么原因，仓库驻地蚊子成群结队，好像天下的蚊子都在这儿集合了。有一条沟是蚊虫的集散地，人称蚊子沟。每次部队休息后，这些可恶的蚊子总会鬼头鬼脑地钻进宿舍偷袭熟睡了的战士。为此，大家在睡觉前必须追歼一次蚊子。他们把蚊子称"阶级敌人"，可见对这些吸血咬肉的小动物的深仇大恨。我离开仓库那年不久，耿兴华调到仓库任政委，这位喜欢文学的青年对什么事都喜欢探个究竟。他经过多次地观察、查访，终于发现灭蚊的最佳办法不是追歼和靠灭蚊剂，而是搞绿化，美化环境。于是他带领战士们挖土刨地整整忙了一个夏天，在蚊子沟垦荒六亩，种上了蔬菜。最初的菜有白菜、豇豆、黄瓜、西红柿等。是几经挫败后才逮住菜苗的。当那绿油油、翠生生的菜园把一条沟染得生机盎然、蓬蓬勃勃时，蚊子就渐渐变少直至灭绝。去年，解放军报社记者江永红来到仓库采访，他的两只眼珠被牢牢地粘在那些醉人的菜上，走南闯北的大记者简直无法相信青藏高原会出现这样一块仙境。江永红按捺不住满架西红柿的强大诱惑，摘下一个最大个儿的，两三口就消灭了。兵们看着他吃完西红柿后，才不好意思地说，江记者，你犯忌了。我们政委有一条规定，这里的菜只许看不能吃。江永红傻眼了，不解地问：看？给谁看？兵答：来高原的人都可以看，当然还给蚊子看……

收住这段小插曲。接着艾家沟口修路的事往下说。

小小的蚊子竟把大活人给害苦了，这还了得！

慕生忠发火了，怒火中烧。那天吃饭他把饭碗都摔了。流在地上的饭菜里还淹着几只蚊子。但是面对穷凶极恶的蚊子，他却束手无策。找碴发泄！他把整个筑路队唯一的医生王德明叫来试问：

"你都看到了吧，蚊害成灾了，难道你这个当医生的就这样看着大家受害！我真不信，怎么就对付不了小小的蚊子！"

王德明不知该如何回答这样的指责，防蚊没工具，治病缺药品，医生不是三头六臂的孙悟空，两手攥空拳怎么灭蚊？他想了想只好把球又踢回给了慕生忠：

"我坚决按照首长的指示办，领导说咋灭蚊，我就咋灭！"

"领导？我是修路的领导，你是灭蚊的领导。在这件事上你是我的领导，我听你的！"

王德明无话可说了。慕生忠还能说什么呢？

蚊害的威胁一点也没有减弱，紧接着又面临着另外一种严峻的考验：营养跟不上，病号猛增。

修路队没有专款伙食费，只能在原运输总队的名下领点费用。大家的伙食每天都重复着一个模式，白水煮面片。极少吃上肉，如果在面片汤里能浮出几点油花，那就是难得的改善伙食了。这几点油星就能把大家润滑得在工地上多干几个小时的活。饭菜里没油水，是铁人也要掉斤两的。每顶帐篷里每天都有人在哼哼，那是病号，出不了工躺在地铺上叫爹喊娘地呻吟着这儿疼那儿酸。差不多有 90 个民工被撂倒了。劳动力本来就十分短缺，病号却天天增加，这路还怎么修下去？

慕生忠听着病号的哼哼声，心里像猫抓一样刺痛。他从这个帐篷出来，又进了另外一个帐篷，凡是躺着病号的帐篷他一个不落地都要走到。生病的人连眼皮都不睁一下，他们根本不知道慕政委来过了。有一次，他坐在一个病号身边伸出手想试试是不是发烧了，没想到那病号没好气地一下子把他的手扒拉开，说："走开！谁要你这个医生关心？你要么不管我们，要么拿些没用的药片糊弄瓜娃。快走开！"病人讲这番话时眼睛一直闭着。可以看出他不是懒得睁眼，而是浑身乏力，病得太累了！

慕生忠明白了，病号把他当成医生了。他理解他们的抱怨，当然他也同情医生。难呀，谁都难！也许最难的是他慕生忠。

他又把医生王德明叫来了。

有了上次问罪的教训，这回王德明不等慕生忠问话，他就先报告自己已经观察了所有的病号，眼下正想办法治疗。他还列举了几个病号的具体情况。

慕生忠耐着性子听完了王德明的汇报。问道：

"现在我最想知道的是，我的这些同志得的是什么病，不弄明白病症，是神仙也没用。"

王德明说，是什么病，领导比我清楚。

慕生忠来气了："看看看，又来了，我已经说过了，治病灭蚊你是领导，大主意要你拿。我看你是个十足的饭桶！我如果明白是什么病，还要你这个医生干啥？"

王德明只好如实地回答："已经好些天同志们的碗里没见荤腥没见菜了，还不躺倒！什么病也没有，就是营养不良。"

慕生忠听了只觉舌头短，无话可说。稍许，他又问："你说怎么办？"

王德明用很小的鼻音回答："我听首长的。"

"你就是学会了这句话，光听我的，要你这狗屁医生当摆设！"

说完这话，慕生忠突然想到了"二十七亩园"，好兴奋。当时逼着大家开荒种菜是为了叫民工们留下修路，现在修路的人碰到了麻烦，没菜吃，这不正是它显神通的时候了吗？好，"二十七亩园"，有办法了！他一击大腿，高兴地站了起来。

王德明还在发愣，慕生忠说："快，告诉搞后勤的人，到格尔木'二十七亩园'拉菜去！快，越快越好。"

三峰骆驼当晚就往格尔木赶，慕生忠勇士似的骑在最前面的骆驼上。

"二十七亩园"的情况并不理想，但慕生忠没有失望。原先撒下的五个菜种大都没有落苗，只有小萝卜生了根，长出了雀儿蛋似的果果。"这也是宝贝蛋蛋。格尔木能长出萝卜了，还不是宝贝？"慕生忠竖着拇指很幸福地说。

"雀儿蛋"是用汽车运到艾家沟口的。

慕生忠特地将这些小萝卜起名叫水萝卜。他说，他就喜欢这个水字。戈壁荒野缺水，咱修路人缺水，小萝卜带着水来了，真及时！他点着数将这些来之不易的绿色食品分配给每个同志，每人三个，病号增加一个。最感人的一幕出现在最后，水萝卜分完了，还有一部分人未分到。慕生忠当机立断，队长以上的领导干部免分。没想他的这个决断立即遭到了民工们的强烈反对。不行，谁都看在了眼里，干部们每天是最辛苦的人，他们的体力消耗大，水萝卜必须有他们一份。说着就有一些人匀出自己的萝卜往他们的队长手里塞，不管人家接受不接受，塞过去就走人，头也不回一下。

慕生忠看着这场面，他还哪来分配小萝卜的兴趣，索性一甩手，说："看来我是低估了同志们的觉悟，我真不该斤斤计较了，你们自己分配自己吃好了！"

还真见效。吃了水萝卜，病号的病情就渐渐见轻，好转。他们又上工了。工地上蓬蓬勃勃的朝气场面撩拨人心。新鲜蔬菜里有"适应素"（慕生忠就是这么说的，他从来不叫维生素），人吃了能适应高原生活。

慕生忠看着公路在修路人的镐头铁锹下徐徐延伸，心里的幸福溢满脸上。他总是一高兴就做两件事，或是喝酒，或是讲话。此刻手头无酒可喝，他便亮开嗓门讲话，声音很大，话讲得蛮有诗意，蛮有感情。他说："弟兄们，这水萝卜救了我们，你们嚼在嘴里一定爽在心吧！我是相信它的神妙作用，舒筋活血，能治百病，是比人参还值钱的宝贝啊！今天，咱们有水萝卜吃了，这昆仑山也有了两种颜色，雪水河也该有两个名字了，还有天上飞过的鸟儿的叫声也是水漉漉的了！谁若不信我老慕的话，你就抬起眼睛看看山看看河，伸长耳朵听听鸟儿的叫声。"

50年后，我在格尔木城角落一间小平房里，找到了当年修路的一位驼工马正圣老人。他72岁了，老伴已经去世，两儿两女，大儿子在西藏工作时不幸病故，二儿子一直在格尔木当电工。两个女儿在拉萨上班。现在就他一人独住。当我提起当时修公路的情形时，寂寞的老人显得很激动，他还清晰地记得慕生忠关于水萝卜的那番讲话。马正圣老人说："我那时也分到了水萝卜，但不是像你说的是三个，而只有两个，我主动让出去了一个。年轻，身板结实，少吃个萝卜是为了让病号快速恢复体力。别提那萝卜了，那是水萝卜吗？跟干柴棍唯一的区别是它长着一把绿缨缨，就是这绿缨缨最让大家满足了，心里干渴了多少天，现在看见绿色浑身都湿润了。慕政委讲的那一段话，确实比吃水萝卜还管用，听着他的讲话，我真的有一种感觉，眼前的山、水、戈壁滩都有了流水的声音了。身上添了劲，干起活自然就不觉得累了。"

本来干涩的云，硬是叫慕生忠给凝满了雨。真有这样的事吗？

艾家沟口的公路如期修好。离开沟口的那天上午，慕生忠当着即将投入到下一个工程战役的全体人员，郑重其事地宣布了一个决定，他说："我做了一件傻事，那就是在艾家沟口搞劳动竞赛，评红旗，把那么多人的身体弄垮了。这样的事我们今后肯定不会再干了。身体是本钱，比什么都重要，咱们吃好，睡好，才能干好。"

说到这儿，不知是什么人声音不大不小地插问了一句话：

"政委，你能不能讲讲，怎么才能把身体搞好？"

这话显然带着刺，挑衅。但慕生忠并没发火，还是那句话：

"我不是说了吗？不搞会战了，也不搞竞赛了，这样大家就不必太拼命了，省下了些力气。还不行吗？"

没人吭声。

慕生忠接着说下去："我们是说话算数的，以后不搞竞赛了，那是以后的事。艾家沟口的劳动竞赛和评出的劳模仍然算数，我们该奖多少钱，一定兑现！"

一阵稀里哗啦的掌声。

解散，准备出发。开拔新战场。

这时，慕生忠发现脚下的沙石缝间悠然闪现出亮亮的红红色泽。他猫腰一看，花！米粒大的碎花，一粒，两粒……组成一个，小小花盘，纽扣大小。土红色的。

花！从寂寞深处脱逃出来的花！

他问随行人员这叫什么花？无人答上。

慕生忠深情地看着花，心里润润，眼眶湿了。无名花灿然一生，身居大山，无声无息。

他轻声嘱咐同志："告诉大家，谁也不许踩了她！这是咱高原人自己的花！"

出发！离开流过汗流过血伤过心的艾家沟口。

慕生忠坐着彭老总批准送给他的那辆吉普车，从刚修出来的公路上碾过，顺利地过了雪水河。

队伍跟着他继续前进。后面留下了一个木牌，上面写着：艾家沟口。

字迹歪歪的，不知出自哪个土秀才之手。

第五章

工程师邓郁清把自己的智慧都奉献给了中国西部的公路建设，他参加过修筑甘新、青新、青康、宁张等公路的工程。国民党政府两次修筑青藏公路，他都参加了。路未修成，他的一只眼睛却被碎石炸瞎。慕生忠请他出山时，他是装着一只义眼上了高原。

慕生忠对邓郁清说：你是人才，是宝贝疙瘩，修路离不开你。像我这样的土包子政委，今日死了，今日就有人接替。明日死了，明儿就有人坐在我的位子上。你就不一样了，离了你，我们这路怎么修下去！

今天，我在描述半个世纪前出现在世界屋脊昆仑山中的这座桥时，心里仍然涌动着无处不在的担忧和后怕，当然更涌动着一个人带领一群人可以把一座山移动、可以把一条河提起的大智大勇。担忧、钦佩、激奋诸种感情熔铸在一起，震荡得我坐立不宁。这跟我每次走在这座桥上时的心情大致相同。我真的难以计算得清我从这座桥上走过多少回了。可以说得清的是，第一次从这桥上跨过是20世纪50年代末的一个隆冬，当时我刚过了20岁生日不久。最近一次走过这座桥则是2008年7月一个骄阳似火的正午，此时我已经是一个年近古稀的老人了。人生就是这么简单又简短，每一天甚至比灯芯还要短，在坡上的麦子刚刚透出成熟的杏黄时，秋风就吹来了漫山遍野的凉气。美妙青春开始的时候，也是你走向衰老的起点。烦人的事哪天都会遇到。可是你无论如何都不会想到，雨水会把伤口洗净。不管你在这数十年中经历过多少大起大落，美好的事物哪怕美得让你仿佛拥有了整个世界，烦愁的问题哪怕愁得你一夜间白了头。可是在你回首往事时，这一切都会变成从远方传来的一种很熟悉很清脆很亲切的声音。它是你放飞的小鸟衔着喜悦衔着果实回到你的掌心。昔日的那盏油灯如今是带电的星星了，还不满足？光芒永远醒着。

这座桥还是这座桥，慕生忠仍是慕生忠。

我是说慕生忠与这座桥永世同在。

这桥叫昆仑桥。当初慕生忠和同志们修筑它时取名天涯桥。它是从内地走进西藏的咽喉。咽喉，既说明它位置的重要，又显示其险要的地势。

此处是达布增河和嘎果勒河汇流后的出口。

河床在这里突然跌入地面之下，很像大地裂开的一道窄缝，河岸成了陡峭的深谷。今天人们都把这条两河汇合而成的河叫昆仑河，缘由大概就是它流淌在昆仑山中吧。可是不知为什么慕生忠在当时乃至后来，都概莫例外地叫它那神河。他从不讲这么叫的原因，别人也没有问过，反正他一说"那神河"大家都明白那是昆仑河。可以理解，在青藏线上起地名的权力是彭老总赐给他的，我们就顺着他的意思把昆仑河叫那神河吧！

我始终觉得对于那神河我们似乎不应该称它为河道，而要叫它断崖才恰当。上窄下宽的石谷，深不见底。上面窄其实也有十多米，下面要比上面宽一倍。谷底的水声发出的怒吼声轰隆隆的如同响雷。

头一年探路时，那神河就声色俱厉地呈现于慕生忠他们的面前。他们无法越过它，只得赶着木轮车绕到下游老远的地方，在一个较为平缓的地方将大车拆开抬过河——记得彭老总曾玩笑过他们，说抬着大车进西藏那叫什么修路！没想让彭老总言中了。当然这是没办法的办法，反正是探路，过了河再说。现在要让汽车过河，要修路，就不能抬着汽车过河了，再说哪个大力士能把汽车抬动？

河浪的咆哮声震耳欲聋。

站在河谷前的所有人，这时都有一个错觉，这涛声仿佛是来自高空，在夜的深处甚至更深处回响。其实它就是低谷中那神河的涛声，它在放肆地喧嚣着，发威着。那神河是一个庞大的胃囊，千百年来它消化了昆仑山巨大的孤独和沉寂。今天，难道它能再消化站在河岸上的这支筑路的队伍？ 50 年后的今天，我的报告文学写到这里，不得不劝那神河一句：你应该为自己这渺小的嗓音而羞愧。你怎么就不睁开眼睛仔细瞅瞅，岸上站的是些什么人，他们会在你的发威中退缩吗？这些曾在青藏山水间九死一生的人，他们的脚下有奔腾的勇气，不会在你这个那神河面前僵硬自己的翅膀！你瞧那个慕生忠，眼珠子一瞪，比山畔的月亮还大还亮，他能怕你那神河！

慕生忠的战前动员照例是干巴利索脆，他当然不会只讲一句话，但是大家牢牢记住的就是一句话：要在那神河上架起一座桥。我们没有别的选择！

在这个关键时刻，首先冲出来打头阵的肯定是军人。因为他们是战士。战士生就不服输的性格是"哪里有碉堡就往哪里冲"。后来，大约是青藏公路通车后的第五年，诗人蓝曼走了一趟青藏公路，他在一首诗里这样赞美高原军人："有了他们，天上的彩霞也是黄金，河里的水波也能变成绸缎。"

最初参加修筑公路的军人，除了那十个工兵，还有慕生忠带来的四个勤杂兵，不算他自己，一共 14 个当兵的。开始时叫工兵组，慕生忠对这个"组"字一直耿耿于怀，什么组呀队的，连个班都顶不住，算什么建制！他说，14 个人是少了点，可那也是一支队伍呀，一个顶十个的少而精的队伍！部队的基层单位就是连队嘛。他把从陕北老家带来的十多个石匠，也编了进去。力量壮大了。他便说，你们的名称就叫工兵连。工兵连工兵连，有当兵的，有做工的，这才是个完整的连队。工兵连的任务就是修路，一直把路修到拉萨。

动员会上，他特地大声点了一个人的名字："王鸿恩。"

"到！"

一个血气方刚的年轻军人应声出列。

慕生忠问："你现在的职务是什么？"

王鸿恩答："报告首长，我是西北军区 X 团 X 连副连长。这次上高原，由我负责这 14 个人。"

"好啦，我提拔你一级。从今天起你就是修筑青藏公路工兵连的连长。记住了没有，你是我领导下的一位连长！"

"记住了，首长。我是修路工兵连的连长！"

王鸿恩是在火线上"任职"的，肩上的担子喷射着不可推卸的硝烟味。过去，他们这些工兵的主要工作是搞爆破。现在要修路，虽然与爆破有一定的联系，但毕竟走到两条道上了。王鸿恩对大家说："谁都不是从娘肚里一出世干啥就会，所有的本事都是学来的。说得刻薄点，都是逼出来的。火烧到了屁股上，刀架在了脖子上，你就得千方百计想办法逃命，想办法对付要砍你头的人。一学，什么本事都有了。上级既然把我们拉上了青藏高原，要咱们修路，咱就得修好路，这没说的！"

眼下最吃紧的工作是在那神河上架桥，这是火烧眉毛无法推辞的任务。王鸿恩把铁镐、十字镐、铁锤往地上一放，说："这就是咱们的三大件，基本武器。干起来吧！修桥！"

干？就那么容易吗？修桥，总得有一幅桥梁的结构图呀。接到设计图纸任务的两个兵，大眼瞪小眼，不知从何做起；还需要木工，14个兵里竟然没有一个人会拉锯掌锉；还有，铁工呢？水泥工呢？电工呢……困难就是这么很具体又很尖锐地摆在新上任的连长王鸿恩面前。该说的话他都说了，还能再说什么呢？无奈之下，他只有把慕生忠请来，让首长给大家训话，也算鼓劲吧。

其实慕生忠不请自到，他的身后还带了个技术员，只是他没有马上把技术员介绍给大家，而是先来了一个现身说法："你们哪一位知道我慕生忠有个外号叫什么吗？"大家面面相觑，没人答应。这时队伍之外走过一个人，接上了话茬："谁不知道，叫'艾大胆'呗！"是马珍，他上工地经过连队，巧遇此事。慕生忠指着马珍说："对，马珍说着了，是叫'艾大胆'。可是为什么叫'艾大胆'，你们恐怕就不知道了。就是因为我用大刀提下了几个坏蛋的脑袋。为

81

穷人报了仇，才落了这么个外号。'艾大胆'，这是个荣誉称号呀！你们千万别以为用刀砍坏蛋的脑袋就那么容易，举手之劳。不是的！开始我怎么也下不了手，胆怯。后来一想，我的父母都被他们杀了，这么一想我的眼睛都气红了，还不赶紧报仇！这么想着，举起的刀一落，坏蛋的脑袋就搬家了。我这'艾大胆'的外号就是这么来的。大胆是练出来的，是学来的！"说到这里，慕生忠很有激情地讲起了修路的事，"没错，我慕生忠能成为'艾大胆'那是因为心里有仇恨呀！今天我们修路要靠爱，爱西藏，爱祖国。修起了青藏公路以后，你们都成为修路专家。咱们没有洋学堂出来的修路专家，自己培养土专家也行，管用，能干！就是要这样的专家。土专家怎么啦？不丢人，在世界屋脊上第一次修了一条公路！走到哪儿都是硬碰硬的，真本事，光荣！"

慕生忠把铺盖卷起来，搬到了工兵连，和大家住在一起。他是一粒火种，要点亮的不是一盏过时的老油灯，而要烧红整个修路工地。那神河上的桥不修起来，他就不离开工地。

那是谁，趴在悬崖上打炮眼？

战士杜光辉、马生荣，悬空吊在20多米高的崖上，给石壁上打眼。丁零当啷，弹琴一样脆亮，可是蛮危险的。吊绳飘来荡去，有时飘到离崖壁两三米远的地方，有时又荡得久久不停留。全靠自己掌握、控制平衡。该给打好的眼里放炸药了，可是用什么包炸药呢？小杜就撕下自己的衬衣来包住；要放炮了，可是用什么来做药捻呢？徐瑞林就用苇子管装上火药来代替；灌石缝缺少石灰，赵文虎的点子稠，他找来了胶泥，蛮管用的；烧铁的炉子没有炭，张鼎权就去挖红柳根，自己烧木炭……今天看来这些近乎原始的劳作方式，在那个年代能想出来并付诸实践解决问题，肯定要费一番脑子，几经周折。任何时候我们都不能正在途中就想得到美好的结局。也许我们可以数说自己的祖先太原始太愚昧，但是不能忘了他们毕竟是孕育了我们的先人。忘本的人是不会有根基的，没根怎么能在这个世界上站得住脚？

实践增长着人们的智慧，操作水平的不断提高使施工越来越具科学性。后来，战士们改进了"悬吊式"操作，使之在深谷两边悬崖上施工的安全系数大为提高。他们把几根长木料横担在深谷顶上，然后在木料上拴几根绳子，两根绳子中间套上一块板，人骑在板上打炮眼或干其他活儿。这样比起腰里拴根绳子吊在空中作业，既省劲，又安全。

慕生忠站在上面俯视骑在木板上作业的战士小贺，心里咯噔咯噔直抽冷气，他大声对小贺说：

"我看着你在木板上飘来晃去的，还是太危险。这样吧，原先腰里绑的那根绳子不要取掉，让上面的人拽着绳子，好有个保险。"

他让人给小贺扔去了一根绳子。

这时，慕生忠捡起一块石头，扔向河里，结果连个响声也没有听到。这谷有多深可想而知了。

"在这地方干活可不是闹着玩，你们务必小心再小心。人员安全要做到万无一失！"他再三叮嘱战士们。

正在给小贺腰里系安全绳子的王鸿恩，向慕生忠保证说："政委，你放心吧，我们一定会做到安全施工的！"

慕生忠说："你嘴上说得好不算数，我要看行动。即便是自己养熟的船只，也要让它识得旱路。连长，一连之长，大家的生命都在你手里攥着。你的责任太重大了！"

说毕，他向王鸿恩挥挥手，就到别的地方巡看去了。

崖壁上已经挖出了一排整整齐齐的炮眼，那是准备放连环炮的。有两个战士给炮眼里装着炸药。在未爆响之前，昆仑山是最寂静的时刻，唯那神河的浪头在放荡不羁、毫不示弱地咆哮着。

当钻天而起的爆破声把浪头的吼声压住的时候，那是预报青藏公路诞生的捷报声。这时慕生忠肯定会拿出烧酒猛灌一口，然后把剩余的酒洒向那神河里。这是他特有的表示胜利的方式。他要把那神河灌醉，醉了才能乖乖地摁着它叫它让道。

接下来的工程就是架桥了。

可以这么说，修桥的主要力气活已经让战士们干完了，下面该是真正懂得桥梁学的人大显身手了。

那个下午，慕生忠带着工程师邓郁清在工地上整整踏测、研究了五个小时。工程师默不作声地看着，不时地做着记录，慕生忠也常常讲上几句话，他主要是听工程师讲。在进桥梁工地前，他就对邓郁清说："架桥的事你说了算，你就是领导了，大家都听你的，多少双眼睛盯着你呢！"

邓郁清是昨天夜里刚刚走进修路工地的。

该看的全看了，该说的都说了。此刻两人面对面地坐在刚炸下来的两块石头上，显然各自都有心事。他从他眼里读落英缤纷，他从他眼里读满园秋实。

终于，还是无法忍耐这熬人沉默的慕生忠说话了：

"三天后，我的汽车要过桥！"

这话他是冲着邓郁清说的。

邓郁清没有吭声。一是他初来乍到，对情况不太摸底，不便急于表态。二是在这个地方修桥，他没有把握，确有难处，容他再想想。

慕生忠当然知道邓郁清听见他的话了，可他还是又说了一遍："限你三天必须给我把这座桥修建起来！修路的事我们这些土八路带一帮人在你未到之前就手脚并用地先干起来了。可是建桥的事不是外行人干得了的，只能看你的本事了。"

邓郁清仍然没吱声，只是抬头望了慕生忠一眼。

慕生忠摸透了老邓的脾气，这表示工程师已经答应了。但是他一定要老邓敲明叫响地表个态，便逼问一句："鬼晓得你望我一眼是什么意思，你是哑巴吗，张开嘴吐个音就那么难吗？"

老邓再不敢装傻了，说："你发了话，我敢说不行吗？"

说罢，他不声不响地又到了修桥工地上。深谷间的涛声像对这位工程师示威似的怒叫着，不但淹没了他的声音，还淹没了他的身子。邓郁清看到架桥的位置选得尚好，引道也修好了，虽然精度欠缺，但基本轮廓还是出来了。他又到岸边的工棚去看那些准备修桥用的松木，一共九根，静静地躺在地上。他大致量了量那些松木，每根九米长。还有一些杂木，都比较短，尽多三五米长。

邓郁清若有所思，他转身望着河岸，那是准备架桥的地方。他目测着两岸的距离。

回到工棚，他和几个民工聊天，了解情况。

"河的口岸有多宽？"

"九米。"

"那么松木的长度呢？"

"也是九米。"

邓郁清眉头一皱，想说什么却没有说出口。天上有云是正常的，地上有泥也是正常的。可是只有九米长的木头要在九米宽的河口岸上架桥就不正常呀！

邓郁清在河岸站定，低头不语。他不是想退缩，更多的是想如何解决问题。

这时，有一个人悄无声地站在了邓郁清的身后，打量着沉思万状的邓郁清。邓郁清沉想得太专注了，竟然没有发现有人来……

邓郁清出生在福建上杭，1935年毕业于福建龙溪工业专科学校公路专业。如果说他这一生有值得记忆或者说引以为傲的事的话，那就是十多年来他曾在中国西部的公路建设中奉献过智慧。沉沉浮浮，在晰丽的阳光之中有过难以抑制的愉悦，于灰暗的日子里也留下了不少遗憾和抱怨。修建甘新、青新、青康、宁张等公路，他都参加了，辛辛苦苦、兢兢业业地把所有心力和汗水铺在那些具有历史意义的路面上。刻骨铭心的事情最数他参加了修建从西宁到玉树的公路，当时也称青藏公路，国民党政府打算从玉树方向进入西藏。可以说他修路生涯中留下的挥之不去的怨恨和心病就是修建那条公路。青海的马步芳主持修这条公路，邓郁清辞去了在西安公路部门的技术职务，与一群热血工程师昂首挺胸地上了青藏高原。谁料他的一腔热情碰到的是冰冷的现实。正如前面提到的那样，马步芳原本就没打算正儿八经地修路，他是借修路为自己搜刮资财。一千多名被俘的西路军战士成了他修路的廉价劳动力，他把这些红军战士都折磨死了，路却没修多少。后来，马步芳再次修青藏公路，邓郁清又参加了，可路还是没有修成……

怀着美好愿望的邓郁清，从20世纪30年代起心中就揣上了青藏公路。然而他失望了，一次又一次失望，满眼都是泪水。但希望的火种还在他心灵的深处燃着。正是在第二次参加修建青藏公路时，他的一只眼睛被碎石炸瞎。他回到兰州治疗，装上了义眼，又返回到修路工地。眼睛被炸坏，这当然使他忍受了极大的痛苦，但是被喊叫了多少年的青藏公路始终没修成，这才给他心灵留下了难以愈合的伤痛。丢盔卸甲地从玉树回到西宁后，邓郁清几次对同事说过这样的话："不把青藏公路修起，这是我邓郁清终生的一块心病，也是全中国人的一块心病！"

这是沉默中吃力的呐喊。他等待爆发。

邓郁清和慕生忠开始交往，是1951年，他们一同进藏。可以这么说，那次进藏他俩都亲身感受到了西藏交通的艰难，所不同的是1951年进藏对慕生忠而言似乎可以看作是一次为修青藏公路的准备之行，而邓郁清好像没有这样的意识，起码不是很明显。记得到了拉萨后，慕生忠有意无意地对他说："老邓，你是搞公路的，几十年了，你看到的交通情况不少，西藏目前的情况实在令人心焦，你一定会有自己的想法的。过去我想，在这里修公路是迟早的事，现在看来，只能宜早不宜迟。"邓郁清没有回应。他曾经想过，他要把公路修到天南地北去。但是给拉萨修一条路，他确实还没来得及想。教训太惨痛了！

慕生忠要在西藏修路的构想，实实在在就孕育在那次九死一生的进藏路上。对于修路，邓郁清虽然没有慕生忠那样明晰的考量，但他已经从慕生忠的话里听出了些许要他参加在西藏修路的意思。慕生忠很快就动手干这件事了，这也是邓郁清没有想到的，慕生忠这人生就的这种脾气，话一出口行动就跟上。兴奋能使他忘记不幸和磨难。

那天，西北局一纸调令，限邓郁清三天到兰州西北交通部报到。他当时正在西安阎良飞机场任施工主任，在去报到的路上一直猜想着此去要他执行什么任务，作了各种猜想，就是没有想到是上青藏高原修路。交通部霍维德部长热情地招呼他坐在自己办公室，然后对他说：

"有新的任务了，要你出山。"

"什么任务？很紧急吧！"邓郁清显然预感到了，忙问。

"这儿有一封从青海来的信，慕生忠来的。你看看就知道了。"

慕生忠？邓郁清似乎很意外，又似乎在意料之中。他急不可待地接过信就看起来……

　　邓郁清工程师：

　　我已接受中央交给的修青藏公路的任务，因此我想到了你。只有你才能完成此项任务。这条路不比1951年进藏的路地势平坦，但地质良好，过的河现在涉水都能过去。有人说修路不费什么劲，我没有经验，只有你才能拿定主意。已向组织商调你，希望你能拿出1951年进藏的精神接受任务，尽快来全面主持技术工作。

　　　　　　　　　　　　　　　　　　　　慕生忠

邓郁清把信看了两遍，要说他没有犹豫，那是假的。但是他接受慕生忠的邀请，是咬着牙接受的。为什么要咬牙？他知道执行这次任务绝对不会轻松。青藏公路，他已经修过两次了，怎么能忘……

邓郁清紧赶慢赶地到了格尔木，但还是没有赶在公路开始动工的那天报到，他晚十来天才到了艾家沟口工地。

这位即将全面主持技术工作的工程师，无论如何没有想到，在世界屋脊上动这么大的修路工程，竟然连一个正规的测量队和施工队都没有。现在，慕生忠要他攻下的第一个碉堡就是在那神河上架桥——慕生忠确实就是这么说的："老邓，你现在是站在军人慕生忠面前，虽然你没当过兵，但你必须拿出军人打碉堡的劲头来修桥！"邓郁清当然会去攻这个碉堡的，要不他就没法面对慕生忠。但是到底怎么攻碉堡，他实在有点为难……

慕生忠悄悄地站在邓郁清身后。

邓郁清并没回头，但他知道身后有人，而且知道是谁。他还是不回头。

慕生忠说话了："工程师同志，你现在为难这是我意料之中的事。但是，你不会因为困难就吓得趴下，这也在我的意料之中。"

邓郁清转过身这样回答慕生忠："你叫我来修路，我当然会来的。但我要将实情告诉你，我确实是在没有任何思想准备的情况下，被你拽到了这个地方。没有思想准备，再加上又没有起码的物资准备，这使我处在了两难之中。我当然愿意干你交给我的这件事，可是完成任务的条件在哪里呢？到目前为止，我真的还没有把握能把这件事办好。如果我的这些话让你失望，那也是迫不得已才说出的。"

"我的工程师同志，我现在是求你这个大知识分子了！请出山，就是我慕生忠求你帮我一把。我慕生忠没有这个本事才请你来帮忙。

不过，我现在必须提醒你注意一个问题，大知识分子总是把自己的面子看得很重要，脸皮薄。拿你来说吧，几十年来修的公路有多少，恐怕你是很难说出个准数的。你是专家，是权威，这没问题。但是千万别认为到高原这样一个条件十分简陋地方修这样一条简易公路，有失你的面子。这样的想法是有害的。这条路的重要性不用我说，因为你是去过西藏的。现在西藏人民都快要饿死了，还有我们的解放军官兵，中央驻西藏机关的工作人员，他们都张着嘴等米下锅。我们尽快地修起一条路，就是为了救这些人呀，我的工程师同志这是救命路！"

"政委，我现在哪有时间考虑我的面子，我是在想，修路这样一件大事，你怎么连基本的技术人员都没有配齐，就匆匆忙忙干起来了！碉堡当然要攻下来，可是兵在哪里？"

"工程师同志，你这是不当家不知柴米贵，我又是要人又是要钱，腿肚肚都跑瘦了。可是你知道国家有多难呀！新中国刚成立不久，百废待兴，花钱用人的地方排着长长的队伍！这不，好不容易把你要来了，你不也在这里正跟我讲价钱吗？"

"政委，我哪里是跟你讲价钱，我老邓听你的，你指到哪我打到哪。但是我还是要说，修公路是一门科学，蛮干是干不出来的！……"

不等邓郁清把话说完，慕生忠就打断了："同志，我要先打掉你这个工程师的架子，然后才好修路。这里虽然没有足够的科学设备，但我们眼下面对的就是这样一个现实，谁也无法超越它。大家共同努力要千方百计在这个很不理想的条件下把路修成，又快又好又省钱。这样我们就创造了新的科学。你是工程师，你会讲科学的。

我还是那句话，修路的事交给你了，就这么多人，就这样的条件，你接也得接，不接也得接。现在我就给你下命令，三天后我跟你要桥！到时兑现不了，我会发脾气的。你是知道的，我这个人脾气一上来，就要打板子！"

说着，他转过身对警卫员说："长点心眼，不要总跟着我的屁股转。从现在起，你留下，给邓工程师做饭，搞好服务。我要到前面的工地上去看看。"

邓郁清急了，忙说："这哪行，你一个人走来走去没个人在身边，我们也不放心。"

慕生忠说："工程师比我重要。至于我，没有什么不放心的，我有这个，没问题！"他拍拍腰里的手枪，就走了。

邓郁清终于明白了，这条路一开始就和军人的使命与国家的命运连在一起。西藏目前需要的不是一条等级公路，而是一条救命的通道。慕生忠限期让他修起桥以及为此而对他发的火，他能理解了。

邓郁清独自坐在深谷边一块石头上，石人一般，整整一个下午没动一步。昆仑山很安静，时间像那神河的流水，悄然地消失于河谷中。从远方吹来的微带寒意的风，在他的宽阔的肩膀稍做停留，又吹向远方。

远处，一群藏羚羊在不经意地走动。

他拿出一张旧报纸，用铅笔画了起来……

邓郁清来工地前，战士们已经七拼八凑地描画出了一个修桥的草图。也许很难把它列入设计图的范畴，但它是几个士兵耗去好几个白天黑夜的时间用脑用心做的。邓郁清拿着这张图反复地看着，琢磨起来。

勾勾改改，写写画画。他要在暗夜里打开一扇门，用笔，用锋利的思维……

天擦黑，他拿着图进了帐篷，盘腿坐在打铁火炉旁边。趴在一个木箱上，继续勾画着桥梁结构图样。这个夜晚，寂静得很。全中国仿佛都听见了一个工程师用笔尖犁纸的声音。

几个战士悄悄走进帐篷看着工程师画图。他竟然丝毫没有察觉。

他的脑汁和心思都渗进了图中的每根线条，深不可测，思路清晰透明。

后来，"邓郁清式的桥"就出现在那神河上。这是青藏公路上的第一座桥，也是昆仑山乃至唐古拉山直到羌塘草原有史以来，人类修建的第一座桥。

这座桥是如何设计并施工的？让我们的目光从那张经过数人的手制作的图纸上拔出，看看实物……

在两岸斜坡的石壁上，各凿出一块与桥面同样宽的平台，再给每个平台上凿出 5 个石窝，栽起 5 根木桩作顶柱。这样，顶柱上端就离开岸边 1.5 米左右，两边相加 3 米，原先 9 米宽的沟岸经过这一番炮制就缩短了 3 米，变成 6 米。然后，在立柱与岸坡之间的夹角里填满石头。9 米长的松木就能宽宽绰绰地搭在上面了。这个做法符合直角三角形的勾股定理。没有知识是做不出这个的。

桥，按慕生忠要求的时间三天修成了。

世界不断分娩着万千事物，我们的知识分子邓郁清用智慧在那神河上分娩出了一座桥。

慕生忠按捺不住心头的喜悦，拽着邓郁清在桥上走了几个来回，步子有时迈得很大，有时又很小，大也罢小也好，都是轻松敏捷的。然后他在桥对岸站定，脸上仍然是眉飞色舞的喜悦。

"工程师同志，看着这座桥我就更清楚地看到了修筑青藏公路的希望。你是我们修路的第一个功臣。我向你作揖致敬！"

慕生忠说着就双手抱拳，邓郁清慌忙按住他的手，说：

"政委，这可使不得！你是我的老领导，你这样恭维我，我可担当不起。我修这桥完全是你逼出来的，没有你就没这座桥。论功行赏，你才是头一功！"

"好啦好啦，咱谁也别争功，光靠咱俩在这里跳双人舞，没有广大的修路民工和战士，青藏公路连一里地也别想往前挪。后面的任务还很重，要你冲锋陷阵的机会多得很！再说，咱也别高兴得太早，这桥是修好了，但是还没有走车呢，得试桥，让它走车。汽车顺顺当当地过去了，这才叫桥。"

准备过桥的十辆汽车早就停在了桥头，等着过桥。

那神河上的桥，在此后的几十多年中，谁也无法计算得清有多少汽车的轮子碾过。但是，人们应该清楚地牢记着第一辆汽车过桥的情景。岁月的泥土永远也不会把那深深的辙印掩埋。

让十辆汽车过桥，这当然是慕生忠的主张了，而且车上要装足货物，面粉和生活日用品。邓郁清提出，先卸掉一辆车上的货物，空车过桥。这叫试车。没想到慕生忠瞪圆了眼：

"跑空车？这算什么桥！难道我请你这专家出来就造这样的桥？"

没有卸货。

邓郁清丝毫没有犹豫地上了第一辆车的驾驶室。驾驶员徐云亭用疑惑的目光望着工程师，就是不启动车。邓郁清很果断地想，我坐第一辆车过桥，试行，这是我的责任。如果没问题，顺利地过了桥，我完成了任务。万一不行，我就连车带人一块儿交代了。把身体丢在为青藏大地修路的工地上，值了。剩下的事情就由别人去干了。能人有的是，我就不信没人能在那神河上架起公路桥！

驾驶员还是没有开车。谁都知道他在犹豫什么。就在这时，慕生忠走到车前，对着老邓咆哮起来：

"你长了几个脑袋？寻死！你给我赶紧下来，靠边待着，这事是你干的吗？"

邓郁清稳坐不动。

慕生忠骂人了："驾驶室不是你的窝，你快给我下来，哪儿凉快到哪儿待着去！"

他的眼里像要喷出火，咄咄逼人。他站在汽车前，伸出胳膊拦着车，蹦跳着就这么不讲任何措辞地吼着。邓郁清跟随慕生忠多年了，虽然知道他的脾气犟，说话总是直杠杠。但是像今天发这样大的脾气，还少有。他问道：

"政委，桥修好了，要试桥，我没什么错吧？"

慕生忠根本不回答邓郁清的话，他一步跨到驾驶室前，用力拉开车门，把邓郁清一把拽下车，自己跨步跳上车。这才对邓郁清说：

"没错，是要试桥。可是谁叫你坐车了？我慕生忠下过这个命令吗？"

"不让我坐车，这桥怎么个试法？"

"怎么试，难道你不知道？桥是你设计是你造的，你不指挥着车过桥难道让我这个外行指挥？到对岸看着桥，看着车，司机听你指挥。"

邓郁清这才明白了是怎么回事。他忙说："政委，你不能坐车，谁都可以坐，就你不能！"

"少啰唆！这件事我说了算。你赶快到前面指挥车去吧！"说着他就让司机小徐开车。小徐还在犹豫，慕生忠便狠劲拍了一下他的肩："小伙子，你开车，我坐车，快！"

就在驾驶员正要启动车子时，邓郁清一个箭步蹦上脚踏板，摁住方向盘不动："政委，这样使不得！你下来，让我试车吧！"

慕生忠一声吼雷："你给我滚下去！"

邓郁清没招了。他对驾驶员徐云亭再三嘱咐："你一定要按我的指挥开车，稳加油门，把牢劲行驶，千万别停车。万一有什么意外情况，你也不能急刹车，这桥刚修好，节节铆铆之间接得还不实，一脚急刹车它承受不了。记住了吗，一定要稳稳当当地过桥。"

之后，邓郁清从桥上走到河对岸，找了个凹地趴下。他左胳膊肘顶在地上，右手指挥车辆。他只有一只眼睛，既要看着汽车轮子，不时用手势示意汽车行驶，还得不时地瞅着桥的立柱有什么变化。汽车慢慢地朝前驶去，他的视线和身体的重心随着车的前进移动，不断地变化着姿势。当然，最主要的是揪心，有时桥的某个部位发出一声微微的脆响，他的心就紧张得像马上要蹦出胸膛。其实，他的心一直在嗓子眼里悬着，根本没有放在应该安放的地方。

他就是这样用力使劲地瞪着仅有的那只眼睛，死死地一会儿盯着轮胎，一会儿又把目光移到桥下的每根立柱上。他也明白，自己这么紧张地察看并没有多大的作用，该发生的事情并不会因为他的苦心操劳而中止。

他担心的事情到底还是不可避免地发生了。忽然只听嘎吱一声，好像从天而降的炸雷。他惊呆了，还没有容他看清什么或者说还没有容他说话，就听到慕生忠大声喊道："别刹车！继续稳稳当当地往前走！"他是冲着司机喊的。汽车丝毫没受这响声影响，仍旧慢慢地在桥上走着。后来，他才知道了，那是一根立柱与铺在路面的木板接铆处挤压后发出的响声。正常现象。

第一辆汽车安全地过了桥。慕生忠从车上下来，他高高举起手让第二辆汽车上桥。第三辆，第四辆……能看得出他那高高举着的手，巴不得从海底捞个月亮，又恨不能从山那边托出个太阳来！一直到十辆汽车全都徐徐地从桥上走过去，慕生忠那只高高举过头顶的手还没有放下来。

这个过程大概用了不足一个小时，但是站在岸上的人，当然包括坐在驾驶室的慕生忠，也包括趴在桥下的邓郁清，大家都觉得这一个小时像一月、一年那么漫长。人人心里都捏着一把汗，汽车轮子从桥上轧过时就像在他们的胸脯轧过。当第十辆汽车一驶过桥，大伙儿别提有多高兴了。慕生忠像个孩子似的蹦跳起来，狂喊一声："拿家伙，庆贺！"于是，锅碗瓢盆全都成了发泄的乐器。你敲得狠，我砸得比你还要狂，平时从不张嘴唱歌的人这时竟然没曲没调地吼起了乱弹。慕生忠逐一地拥抱着每一个人，嘴里重复着一句话："昆仑山里有桥了！那神河上有桥了！"

寂寞加孤独的昆仑山，自古以来何曾有过这样兴高采烈、鼓舞人心的场面！

最后，邓郁清和慕生忠紧紧地搂抱在一起，抹鼻涕流眼泪地大哭起来。久久，久久地……

"老邓，我服了，还是你行。咱们修青藏公路离了谁都行，离开你就没戏了！"

"政委，你刚才坐在车上过桥，可把我吓得腿肚转筋，连肠肚都快蹦出胸膛了。那真是太危险了，你如果有个三长两短，让我怎么给大家交代！你是一军主帅呀！"

"快别这么说，你才是人才，是宝贝疙瘩。像我这样的土包子政委，今日死了，今日就有人接替。明日死了，明日就有人坐在我的位置上。你就不一样了，你是咱修路大军里唯一的工程师，少了你，这路怎么修。可话又说回来，我也不能死呀，我要陪着你一直把路修到拉萨！……"

邓郁清没让慕生忠说下去。他俩仍旧抱头痛哭。

大家看着，也跟着哭起来。

哭声不是果实，它是孕育果实的花。它留在河水里，把昆仑山纳入永恒。

几十年后，司机徐云亭回忆起当年开车从那神河桥上走过的情形，仍然心有余悸。他说："我真的不知道我是怎么把车开过去的。慕老头坐在身边我也不知道。我只觉得汽车是在云彩里走着，好像每一分钟都会从空中掉下去。我是随时准备献出生命的，可我怎么能死呢，我身边坐着咱们的慕将军啊！"

桥修起来了。叫什么名字？

慕生忠没有犹豫，脱口而出："就叫天涯桥吧！"只有亲身体验过这种"天之涯，地之角"处境的人，才会说出这样又惊险又浪漫的名字。

邓郁清问："桥有名字了，还有河呢，也得另起名字吧！"

慕生忠说："咱们来个权力下放，这个给河起名字的任务我看就交给你邓郁清了。"

邓郁清便顺着慕生忠起的桥名说了一句："那这河就该叫天涯河了！"

好。就这么定了。那神河就这样改叫天涯河了。这名字叫了好长时间，20世纪50年代乃至"文革"前的一些文艺作品里常常出现的天涯河，指的就是那神河。如今，天涯河这个名字已经没有人叫了，人们都叫昆仑河。

昆仑桥的来源与一位从这座桥上走过的元帅有关。

那是青藏公路通车两年后，陈毅同志率领中央代表团进藏参加西藏自治区筹备委员会成立大会，路过天涯桥。

元帅讲了一番话，给这座桥改了名字：

"天之涯、地之角的形势已经成为过去，或者说它离我们还远着呢。我看就叫昆仑桥吧！"

至今，桥头两侧的石柱上"昆仑桥"三个字依然清晰可见。桥的上空还是悬吊着一块铁牌，上面也写着"昆仑桥"。

需要说明的是，1954年邓郁清他们修的那座木架桥，在青藏公路通车两年后，就改修成了石拱大桥。

我每次过昆仑桥时，都会刻意留下一张照片：我与桥的合影。时至今日已有十多张这样的合影了。我珍藏着。我想，把这些照片装订成册，再配上我与桥的故事，该是一部书了吧！

修好昆仑桥的那一夜，慕生忠和邓郁清同住在桥对岸的一顶军用帐篷里。夜深了，两人还在天上地下地神聊。初战的获胜使他们兴致极浓。他们谈得最多的话题，自然是下面的路该怎么修。用慕生忠的话说，"老邓呀，需要你攻克的碉堡还多着呢，你打冲锋，我全力给你搞好后勤保障，就没有攻不下的碉堡！"

"政委，我是你手下的兵，你指到哪我就打到哪里。我等待着你的命令。"

等待新的开始。

第六章

慕生忠非常喜欢昆仑山的早晨，他说那是个饱满的早晨。他确实创造了一个非常棒的词：饱满。

就是在这个饱满的早晨，他人疲马乏以后，在不冻泉边淋漓尽致地洗了个脸。他双手托起清清亮亮的泉水，给人的感觉整个不冻泉都被他端起来了……洗毕脸，他坐在昆仑山巅小憩，广阔的天宇就见他的身躯，光芒四射。

慕生忠大步流星地走在昆仑山的路上。他总是遇到风，逆吹的，顺吹的，两侧吹的。风裹着他，他卷着风。这就是昆仑山的路。

其实没有路。那辆小吉普的轮子碾在哪里，哪里就是路。常常有吉普车无法通过的地方，他还得骑马，或者步行。步行居多。然后，再和司机一起设法把吉普车弄过那些车轮无法砸碾的地方。吉普车是名副其实的开路先锋，是它给世界屋脊上留下了第一道辙印。

吉普车行驶在一段倾斜的坡上，阳光照亮了风挡玻璃，明晃晃的，像涂了层耀眼的金箔。这阳光像展开的翅膀扫净山洼阴角的积雪，把公路的生命延续到高处。

前面呈现着一片平坦无阻的原野。慕生忠兴奋地对司机说："加油跑，今天争取把几个施工点都走一遍。"

司机说："政委，你瞧这路，跑得动吗？还不如走路来得便当。"

司机这一点拨，慕生忠明白了，他索性下车步行。真的是这样，有的地方，汽车还真没人跑得快。

他就是这样大步地走在昆仑山中，步伐坚定而有力，那不停摆动的双手把漫天的寒风剪开一个又一个缺口。那台吉普车远远地被他抛在身后。他要去的地方很多，都是眼下汽车还不能去的地方。

原来，在修昆仑桥的同时，慕生忠经派出几个施工队越过昆仑桥，在前面近 200 公里战线上的几个点同时破土修路。他把这种分段包干、各个歼灭的修路法，称作"置之死地而后生"。置谁死地，又是谁后生？自然是那些横在修路人面前的种种不知趣的险山恶水。新修的公路要应运而生。

他走得很快，远处的那些群山就好像卧在他的肩上，一晃一晃地移动着。这样，他也就与山融为一体了。他的目光均匀地涂抹着四周的山水，一切都变得那么新，真亲切！

他这一次上路就是三天。当然是时走时停，哪里有人施工他就停，没有施工他便走。一路的自然景色不属于他，只有此时此刻的心情，才是他的。什么心情，修路和修路人的状况。在纳赤台停了一个白天，小南川住了一天一夜，西大滩住了一夜……高原上干劣的风吹裂了他的嘴唇，嘴唇的裂缝渗着血丝。他看不见，只觉着嘴唇有点疼，用手背抹了抹，血丝被抹开，沾了半拉脸。

司机瞅见了，心疼地说："政委，血，脸上有血。"他伸出手看了看手背，明白是怎么回事了，又抹了抹嘴和脸，血便没有了。他对司机说："哪里是血，是汗珠！湿湿的，能滋润脸呢！"司机摇摇头。他又说："开快点，今晚到不冻泉。"

瞧，这就是他的心情。此刻的心情：赶路。既然时代已经让我们做出了修路的选择，既然生活已经教会了我们很多本事，那我们就要用双手握住来去匆匆的时光，把自己变成一头高原上的牦牛，一个劲地走在还没有路的路上。赶路，慕生忠怎能不赶路！他坚信河的两岸有岸，岸上有美好的时光。

赶到不冻泉已经是傍晚了。暮天轻轻薄薄空空，野风悠悠飞渡雪山。慕生忠有点倦意地坐在路边，这时他猛然觉得他富有得拥有一座昆仑山，又觉得他贫穷得连填进胃囊的一块馍馍也没有。是的，他走路走得有点疲倦了。几天来一直没洗脸的慕生忠，突然节外生枝地生出个淋漓尽致的痛快想法：洗洗脸。为什么说节外生枝？在高原这样一个艰苦的地方三天五日不洗脸那是正常事。现在他想洗个痛快脸还不奢侈吗？这个想法的涌出当然与脸上留下的那血印有关，但主要的还是不冻泉的诱惑吧！

他站在泉边，心里那个爽，每个毛孔都酥酥的。几天来路途上积攒的疲劳和沉淀在衣褶里的尘埃，顿时烟消云散。那泉并不很大，像在农家院里常见的两口井，并在一起，葫芦状。水面上隐隐地有水纹在颤动，想必是泉眼在扑水。水不深。坑满后，水就顺着一条小沟向四面散去。泉底铺满了大小不一的石子，石子是静的，但流水使它有了动感。水是透明的，但倒映在水中的雪峰使它染出颜色。

慕生忠在泉边默默地站了足有十来分钟，才突然弯下身子，双手掬起水花，往脸上撩着……慕生忠真是，仿佛把整个不冻泉都端起来，倾洒在身上了。此刻的他，肯定是世间最痛快的跋涉者了。从头到脚让泉水淋浴了一遍，还不痛快吗？

来到不冻泉，施工队的队长给慕生忠反映了一个问题，说民工们思乡念家情绪严重。这个闭塞的地方，没有任何方式能跟家里亲人们取得联系，大家普遍都牵挂家中老人妻儿。特别是那些离家已经一年的骆驼客，他们多数不安心施工，有的甚至提出请假回去探亲。还说回家看一眼就回来。话虽这么说，可是一旦放行，放十个连一个也回不来。听了这些反映，慕生忠很平静地说，谁不想家？谁没有二老妻儿？我看不想家不想婆姨不想儿女的人，肯定是个木头人。我就不信这样的人还能修好公路！

夜里，慕生忠就和民工们同睡在一个帐篷里。说句实话，来到这荒郊野外，他也只能将就成这个样儿，和大家同吃同住。帐篷已经被野风酷雨吹打得褪去了颜色，且四面透风。月亮拽着星星从头顶的天窗里钻进来，偷看着睡觉的人各种各样的怪相。这夜，慕生忠只字不提修路的事，他只是乐此不疲地和躺在身边的那些泥头土脸的民工聊天，什么高兴聊什么，哪壶不开提哪壶。他问他们，累不累？他们当中的两个人同时回答，累死了，能不累吗，骨头架都快散摊了。他说开始累一点，干几天就会慢慢好些的。有人说，只会越干越累，没听说过干得多还能不累的。他笑笑说，瓜娃，这你就不懂了，你不也是农村来的吗？农民一年四季天天把东山日头背到西山，累吧？可是他们不是照常生活得很滋润，哪一夜都是头一挨上枕头就响起呼噜，有几个失眠的？听他这么一说，他们都不吭声了。帐篷里暂时静了片刻。可谁都知道谁也没睡着。他又说，你们都说累，为啥还不快点睡，一个个瞪着个大眼睛做啥？躺在他身边的一个民工笑了一声说，你真厉害，黑咕隆咚的，竟也看得见我们睁着眼睛不睡！他说，怎么会看不见呢，我是猫头鹰，专在夜里瞅东西瞅得清。又一个人招了实话，说你今晚睡在我们帐篷，大家紧张，没瞌睡了，再说谁敢比首长先睡！他说，我是老虎，你睡着了怕我把你叼走？还是那人说，老虎倒不是，但首长比老虎还吓人。反正首长睡在身边，我就浑身不自在。他说，我现在就宣布，我既不是"手掌"也不是"脚掌"，我就是一个陕北的老汉，可以了吧！一帐篷的人都被他逗笑了。更没睡意了。

也许慕生忠觉得聊到这个份上，该收场了，他便说，你们都朝帐篷顶上看，天上的月亮有多亮！看着月亮想家，想家里的媳妇，保证想着想着就睡着了。一个民工说，首长，你别逗了，哪有想媳妇还想着想着能睡着的？只怕是越想越是心里格痒得睡不着。另一个马上说，得了吧，我的媳妇还不知在哪个丈母娘的腿肚上转筋哩。想个屁！慕生忠说，那你就想别人的媳妇吧！你没听人常说，媳妇还是别人的好。那人说，饱汉不知饿汉饥，想人家媳妇那是水中捞月，狗咬尿泡，一场空。还是什么也别想了，老老实实睡觉，明天早早起床修路吧！慕生忠应和说，好啦，我明天也要赶路，我宣布现在睡觉，谁也不许说话了。

说着，他站起来，用早就准备好的一张旧报纸把帐篷顶那个透着月光的天窗堵上，帐篷里便云遮月般地暗了下来。一会儿就这儿一声那儿一声地抽起了鼾声。昆仑山的夜，被这鼾声重重地抛进苍茫的群峰之中。

慕生忠起了个大早，他还要到前面去。前面，还有前面的前面都有施工点，他都要去看看，就像幼儿园里的老师，不把每个孩子看一遍心里总是不踏实。公路就是他的孩子，是他为西藏培育的孩子，他这些年所有的奔忙，都是为了这孩子。

临行前，他特地和那个还没有媳妇又不愿意想别人媳妇的小伙子道别。他握起他的手说，好好干，把路修到拉萨我给你评个劳动模范，带上这个荣誉在那些姑娘中间走一圈，保证会有个最漂亮的姑娘嫁给你。小伙子怎么会想到昨晚自己随口说的话，竟然被首长记住了。他还有点害羞，不语。慕生忠问，你叫什么名字？小伙回答：彭善良。彭老总的彭，就是善良那两个字。慕生忠狠劲地握了一下他的手说，好，我记下了，彭善良。善良小伙子准会遇上一个善良的姑娘陪你一辈子！

慕生忠又急匆匆地走在昆仑山中了。

这时，太阳还没有完全走出大山，半露半掩地含在山岔。雾升起来了，山跑起来了，连小河也在跟着慕生忠跑。他走得很快，破雾穿云。他有一种奇怪的感觉，自己仿佛在长高，甚至高过了山巅。

他走得确实很快，乘着太阳正出山的这个时候，要赶些路。他还是那样，平地上坐一会儿车，遇上汽车难行的地方，他索性步行，还不忘叮咛司机一句：千万别捂车，要不真不知道怎样才能把车弄出陷阱。他更多的时候不坐车，大概就有这一条原因，车的负荷重了，容易捂车，麻烦人！

纳赤台、小南川、西大滩、不冻泉这些由他起名的地方，已经从他的脚下闪过去了。他还要往前走，因为前面有施工点。每遇到施工的民工和战士，他都要停下来看看，问问，还总会说这样一句话：

我知道你们很累很辛苦，你们也很想家想媳妇，这我都知道。不过你们在修路时最好都把这些忘了，到了晚上睡下后再想，睡下是想家想媳妇最好的时候。大家听了都笑，说政委真是知心人，最了解我们。

　　慕生忠走在山路上，突然又有了一个感觉，他拥有了昆仑山的这个早晨，他变得年轻了，而周围的事物在迅速变老。奇怪？老汉怎么会越活越年轻了！

　　是的，他是年轻了。他不由自主地想起了过去的日子。可不，那时他还是个二三十岁的小伙子。也是走在路上，整天都要走路，不过那是走家乡陕北的山路。

　　没错，走路的美不胜收的滋味就是那个时候收获的。拿着大刀长矛打敌人，敌人能不跑吗？敌人跑了你能不追吗？现在想起来他那时把这一生要走的路几乎都走完了，没有白天和黑夜之分，没有寒冬和暖春界线，每日都把脑袋别在腰里经历着危险，苦在路上，险在路上，也乐在路上。无论走多远的路，也不管掉多少肉，只要打了胜仗，他就爽心得像孩子一样又蹦又跳，真的好开心！

　　现在修青藏公路，在公路还未显露在这荒野之前，慕生忠只能用双脚去丈量青藏大地上没有路的角角落落。他的脚印就是孕育青藏公路的胚胎了！

　　太阳已经高高地升起来了。

　　此刻，慕生忠迈着尽量大的步子走在昆仑山上。他突然想到，修青藏公路是他慕生忠一生中最难忘也最艰难的一种经历，当然也是一种享受了。人就应该这样，活着，就要不惜消耗力气地走在路上。一生都在赶路，都在为未来奔忙。路是人生永久的根。

生活，就是生下来，活着。在路上才能活得好。

慕生忠这么想着，步子踏着心中的节拍，越走越快了。三步之内，云朵含雨。晨雾之后，紧随着是一个幸福忙碌的白天。

远处，一群藏羚羊在奔跑。

再远处，山巅上堆积着白皑皑的云。

更远处，蓝天上的一只早起的鹰像个人字。

对他而言，他最喜欢的还是昆仑山的朝霞。这些天他每天都会早早地走出帐篷，照例能看到一个清晰饱满的早晨。在几十年的人生经历中，什么时间看到过这么让他心动的早晨！他始终觉得他看到的那缕把沉沉夜色划破，徐徐地从山岔上探头伸出的淡红色光柱，是太阳赐给昆仑山的第一缕阳光。他为之高兴，很有幸福感。一个能最早读到昆仑山升起太阳的人，那肯定是很值得自豪的。他在整个白天都按捺不住激动的心情，不由自主地回忆着太阳升起的那一瞬间的无比美好的场景。当时大地是一片微亮，山，只能见个朦胧可辨的似隐似显的影子，天空中的星星也仿佛失去了夜间那纯亮的光泽，忽然变得遥远而又渺小。大地上非常宁静，这种宁静给人最不可思议的感觉便是，好像谁抽去了青藏高原的所有内脏，唯你一个人空落无靠地悬空站在某个地方，随时都可能飘到一个你不知道的另一个地方。正是在这当儿，东方的天庭上的某一个点，犹如谁划了一根火柴，闪了一下微光，又灭了。紧接着就有几缕开始并不怎么显耀却可以把整个夜幕划破的霞光，慢慢腾腾地爬出山岔。这就是昆仑山上的第一缕早霞。霞光越爬越高，越高越亮。直到它的光亮变得足以把整个东边的天空染得灿烂辉煌时，就变成了金色的翅膀，太阳便开始露出了脸面。

慕生忠非常喜欢看昆仑山的早晨。用他后来给人们回忆起这个日出情景时的一句话说，就是"那是个饱满的早晨"。他不可能刻意地遣词造句，但是他确实创造了一个非常棒的辞藻：饱满！

　　就是在这样一个饱满的早晨，慕生忠来到了不冻泉边，披着一身霞光望着泉水，站了好久，才猫下腰撩起泉水，又痛快淋漓地洗了洗脸。之后他又给军用水壶装满水。他把水壶扔给随他来的司机，说：

　　"带上，在路上喝。还有，把你的水壶也装满。"

　　司机拿来水壶灌满水后，他们又开始前行了。本来这段路是可以坐车的，慕生忠却依然坚持步行。走路看风光，这是坐车人无法享受到的惬意。

　　走出去没有多远，慕生忠就遇到了第一工程队队长马珍。马珍和他的队员们在昆仑桥还没有修通时，就到前面来修路了。

　　"马珍，怎么样，饿肚子了没有？"这是慕生忠见到马珍后，问的第一句话。这样问话自然是有原因的。

　　离开昆仑桥时，慕生忠给马珍交代说："你们带20天粮食出发，我们把桥一弄通，保障就上去了。"马珍心中没底，不得不多问了一句："政委，如果20天你们没上来，那我们怎么办？"慕生忠说："我不管那么多，就只管20天！"马珍自然听明白了，忙说："政委，你就放心吧，我只知道带着弟兄们修路，只知道往前冲！"慕生忠听了，伸出大拇指给马珍，没说什么。

　　对于马珍的情况，慕生忠比对别的修路人了解得要多一些。因为这个马珍很特殊，他既是驼工、修路人，又是一位乡村的区长。他的家在宁夏河套地区吴忠县，回族汉子。因为家里缺柴少米太穷，他没进过学校的门槛，但是会念信，也能把报纸上那些大标题很亲切地读出来，全是自学的，马珍是乡村人中顶聪明的能人。新中国成立前他就参加了地下党，当过武工队队员，腰里挎个盒子枪，打土豪灭土匪数他勇敢。新中国成立后他就当上了区长。在青藏高原探路以及后来修路，从宁夏来的骆驼多，带来的骆驼客也多。为了便于领导这些人，当地政府就让他这个区长也上了高原。给西藏运粮时他是中队长，修路时也就成了工程队队长。但是有个不争的事实是，不管你是什么队长，运粮你得拉骆驼，修路你得抢铁镐。眼下，马珍就是个修路的民工。

马珍的这种特殊身份，使慕生忠很看重他。这种看重肯定带着一种信任和钦佩。他留下来修路，就有一段故事，和慕生忠的故事。

运粮的骆驼客陆续回到格尔木、香日德后，住了没几天，偷偷跑掉的人一天比一天多。不少帐篷里只留下了破鞋烂袜，甚至连铺盖都没有卷起人就没影儿了。慕生忠意识到事态的严重性，再不采取措施，人就跑光了。于是他手提马鞭站在路口，看谁还敢跑！

有的骆驼客背着准备远走高飞的行李卷，求饶似的对慕生忠说，政委，你抽我吧，抽狠一点也没关系。抽了就放我一马吧！慕生忠说，我当然要抽你，你要开小差我能不抽吗？不过，抽了也不许你跑。都跑了谁来修路？马上有另外的骆驼客说，总是有愿意留下修路的，人家屋里没牵挂，当然会留下的。我们都离开家里一年了，婆姨早就捎来了话，再不回家她就另找男人了。还有一个骆驼客说，政委，我屋里的女人已经跟人跑了，她等不得我了。

慕生忠绝不会对这些呼声充耳不闻，因为他也是一个有家有婆姨的人。眼前的现实使他最清楚不过地明白了一个问题：青藏高原需要女人！像需要男人一样需要女人！没有女人怎么能拴住这些拼着命向外跑的男子汉们的心？女人！让女人来高原，在格尔木安家，在格尔木生娃娃！

手里一直提着马鞭的慕生忠，这么一想，便甩掉了鞭子，笑眯眯地和民工们拉呱起家常来了。民工们丝毫没有识破政委是"不怀好意"的，便一五一十地把实情掏出心窝给他。政委问："你娶了婆姨了吗？"对方马上答："怎么没娶，狗儿子都五岁了！"他又问另一个民工："你呢？知道娶婆姨是啥味道吗？"答："哪能不知嘛，浑身麻酥酥的好舒坦！"慕生忠点点头笑了。他把娶了婆姨的民工名字记在了一张纸上，然后，把他们集中起来，做动员，他说："你们都可以回家去，我批假，还可以给你们300元钱的探亲费。"大家一听，乐得直拍手。慕生忠忙说："先别拍手，等我把话说完你们再高兴。我给你们批假是有条件的，回家可以，必须把婆姨带来。这一点一定要给我下保证。"那些已经结婚的骆驼客却没有一个人痛痛快快地答应他的这个看似温和实则苛刻的条件。我们自己在高原干就已经够亏了，现在又要把婆姨娃娃都搭上，我缺心眼，傻啦？

这时，慕生忠想到了马珍，手里又提起了马鞭，去找马珍。

马珍无疑是好样的，他领导得方，从宁夏来的骆驼客没跑一个，都在格尔木待命修路。区长就是区长，不佩服不行。

慕生忠找到马珍，开门见山地下达任务：

"马珍，我遇到了沟过不去了，求你来帮忙。"

马珍："政委，看你把话说到哪儿去了。你碰到的沟就是我碰到的沟，马珍听你指挥，你指向哪儿我就打到哪。"

慕生忠讲了要马珍把婆姨带到格尔木落户的事。马珍听了半天也没说话，好像还没回过神似的，梗着脖子望着慕生忠。

"你倒说话呀，光看我做啥，不认识吗？"慕生忠催道。

马珍仍然梗着脖子不出声。

"这事我说了算，你情愿也得把婆姨带到格尔木来，不情愿也得带！"

"我带婆姨的事凭什么你说了算？"

"谁叫你是共产党的区长呢？共产党员不带这个头，还有谁去？这是组织交给你的任务！"

马珍无话可说了。共产党员这称呼太神圣了！区长这个职务本身就有一种使命感，一种无法推卸的责任。

慕生忠对马珍说："我特批你一个月探亲假，好好把家里的事安排一下，带上婆姨到你们河套所有的好地方转转看看玩玩然后领上她回格尔木，安个家。有婆姨在身边你就不会分心了，好好干。一定要干出几个娃娃来，长大建设格尔木。那时候你马珍就是有功之臣，让你上光荣榜，让你的事登报纸，连你婆姨的照片一起登报纸。准都羡慕你。现在你都是快奔三十的小伙子了，连个娃娃都干不出来，还算男人吗？丢人！向我学习，喝酒，在这个地方不喝酒算什么男子汉？酒能帮你生出个壮壮实实的儿子。你有了儿子，我来起名……"

马珍忙打断慕生忠的话："行啦，政委，八字还没见一撇呢，起什么名字！"

"谁说没见一撇，只要你把婆姨带来，这一撇一捺全有了。我想好了，你的大儿子叫纳赤台，二儿子叫昆仑山……"

"这算什么名字！土不土洋不洋的，难听死了。"

"这叫土洋结合，真正的高原人的儿子！"

马珍虽然不十分情愿，但最后还是把婆姨带到了格尔木。他是在青藏线上第一个安家的人，他的婆姨是最早出现在青藏线上的女人之一。

……

此刻，慕生忠在修路工地上见到了马珍，心中的亲切感就不必多说了。马珍仍然是那个风风火火的样子，走路脚底带风，说话声音像擂鼓。他带着200个回族伙伴在十里长的地段摆开了修路的战场，用他的话说"正在包剿敌人"。慕生忠说过，修路就是打仗，既然是打仗怎能没敌人！

这时，马珍见慕生忠问他们吃饭的事，便这样回答："你不是只让我们带够20天吃的粮食吗？今天刚好是第20天，没有饿着。要说饿肚子，从明天开始。"

慕生忠笑着揭了马珍的底："你小子给我打埋伏，刚才我已经问过炊事员了，你们还有六天的粮食。"

马珍也笑了："你都知道了，还来问我，故意逼我犯错误！政委，那六天的粮是我们一两一钱从牙缝里省出来的救命粮，怕万一桥修不好，汽车上不来，断了粮好有个接应……"

慕生忠打断马珍的话："好啦，我不逼你，你也别担心。这不，我们的粮食已经上来了吗？今天好好给弟兄们改善改善伙食，犒劳犒劳大家。"

路边停着十辆汽车。这就是慕生忠带来的队伍，修路的全部家当。

政委发话要改善伙食，马珍却不知道该如何改善。没菜没肉，缺盐少油，拿什么改善？马珍明白了，政委说的是一种"精神改善"，给大家交个底，粮食不缺了，放心吧。好啦，还是煮面糊糊，那就放开一点，让每人多吃一碗半勺！谁能说这不是改善！

慕生忠说罢改善伙食的话后，也觉得自己放了空炮，原地站了一会儿，想说什么却没说，就离开了马珍的工地。除非是神仙谁说话办事都免不了会有疏漏，一盏灯不可能照亮全部的夜晚，说出去的话是收不回来的，那就交给马珍去办好了，那小子虽然也是一个脑袋，可脑眼儿稠，自会有办法的。慕生忠边走边这么想着。

他抬头望天空，一只什么鸟，是鹰还是鸽子或别的什么，从天上飞过。它在展示生命和飞翔，打破了高原上惯有的沉默。望着那越飞越高的翅膀，直到它变成剪开蓝天的一把小剪刀，慕生忠也就渐渐地忘记了自己刚才开空头支票改善伙食的歉疚。他让司机停车去帮民工干活，他独自朝前走去。阳光下，青藏高原所有的空地都等待征服和填充。慕生忠走得那么愉快，轻松。他习惯走路，他乐于走坑洼不平的路，他高兴走长路。

路是人生的根。

有人亮开嗓门喊：“政委，你也上山了！”

慕生忠回转一看，张震寰正兴致勃勃地走来。“你这个队长也够忙乎的了，好些天都没照面，工作干得可还顺心？有收获吧！”

“什么叫有收获，简直是大有收获，逮住了一只羊！”

“抓只羊有什么能耐，有本事你去抓老虎呀！”

张震寰这才解释起来：“早就听说山上如何可怕，有瘴气，有邪气，缺氧缺得连气都喘不过来。气候寒冷得能把人鼻子冻掉。可我们上山一看，怕人倒是真的，却没有风传得那么邪乎。昆仑山口那一段地势海拔 4600 多米，也是我们施工难度较大的地段，可是我走了十二步就跨过去了。”

在慕生忠的基因里，傲视大自然的成分绝对根深蒂固。他就这么个永远也改不了的脾气，不在恶劣的环境面前退让半步，也见不得听不得别人喊难叫苦，说这样的人是软蛋，连鸡蛋都不如，碰个土块就碎。现在张震寰说昆仑山口的一段地只有十二步，他听了心里好舒坦。他就喜欢听这种不把凶险的大山放在眼里的话。他对张震寰说：

"好多事坏就坏在道听途说上，跟风扬碌碡，听过这屁话吧，不可能的事！昆仑山我们又不是没走过，它有多厉害也没有把我们的脚步挡住。不过那次运粮我是稀里糊涂过的山，走过去了别人才告诉我刚才走的就是昆仑山巅。你张震寰是有心人，量出了昆仑山巅只有十二步，这个发现了不得，好！它可以打掉人们对昆仑山的神秘感。走，咱们去看看。别说十二步，就是二十步二百步，咱也要把它跨过去！"

在昆仑山口。

慕生忠双手剪在身后，走一步，数一步，随同人员也跟着给他点数。他给日子打上了有价值的脚印。没错，就是十二步。慕生忠站在昆仑山巅，举目远眺，山峦起伏不断，片片白云擦着山脊而过，冷风吹着脸颊。这山这云这风都在他的腰间，他的脚下。霎时，一种难以抑制的自豪感油然而生。他招招手让大家向他跟前拢拢，有话要说，完全是一种急于说话非说不可的神态。他说：

"都看见了吧，这就是昆仑山，这就是我们从香日德出发时有人一提起它就吓得开了小差的那个昆仑山。它就在我们的脚下，它的山口只有十二步。我还记得那天在格尔木我做动员要修公路时，就有人说他受不了昆仑山的折磨，他不愿上山就在山的这边参加修路。我问他昆仑山会怎么折磨你，他说，那山上的路就像上梯子，一旦摔下来连魂都找不到了。你们听听，这人被山吓成了这个样儿，不要说上山，我看走平地他也不行，是个软蛋。为啥？他怕掉到山下，这样的人还能上到山顶吗？我们不做胆小鬼，我们不必被大山吓得掉魂儿。不就是十二步吗？我看干脆叫它'十二步山'好了！"

"十二步山"，是慕生忠即兴给昆仑山起的一个雅号。他小视这个吓唬人的大山，才大题小做地玩了这一手。其实他比谁都明白，中国的名山昆仑山那是威风凛凛的，很有气派！只是当时需要这么傲视它，他才把它称作"十二步山"。这要感谢张震寰，是从他的脚板下长出了这十二步。昆仑山，"十二步山"，就是这么叫起来的。直到今天，在青藏线上还时不时有人提到"十二步山"。只是知道它真相的人实在是凤毛麟角了。于是，有一些好事者便不安分守己地坐着汽车找呀打问呀，一路寻找，最终也没有发现"十二步山"在哪里。其实，"十二步山"就在他的脚下。再高的山还能高过人的脚板？笑哩！

许是累了吧，这时慕生忠趾高气扬地坐在昆仑山小憩。山冈不高，太阳的影子很浅。广阔的天宇就见他的身躯，光芒四射。走上青藏高原，最先撞入眼中的是雪，雪的高处是屹然挺立的山峰。山的高处就是人了。

山高人为峰。慕生忠坐的这个地方，应该叫高处的高处。刚刚修好的公路从他的身边通过，路边挺立着一块里程碑。这碑是一块极不规则的长条石头，上面写着公里数和海拔高度。

海拔为 4676 米。

慕生忠休息了没有多久就从里程碑旁上马，继续前行。

临走前，已经骑上马的慕生忠大声朝远处喊道："张震寰，还是那句话，粮食稍稍宽裕了，要给弟兄们改善改善伙食，犒劳犒劳大家。"张震寰笑了笑，给慕生忠招招手，算是应承下来了。

一路如鼓的马蹄声，填满山谷。慕生忠将毅力藏在马镫里。

当那骏马逐渐跑起来，走向远方时，它就变成了天空中的翅膀。

又到了一个施工点，火辣辣的劳动场面为昆仑山的雄风助了威。在这里施工的是在艾家沟口干得出了名的第四工程队。队长叫王得民，指导员叫王仕录。慕生忠一眼就瞅见了王得民，便喊道：

"好小子，没有忘记你是怎么拍胸脯许诺的事吧！我是公路的催生婆，抓落实来了。"

王得民说："那怎么会忘呢！20天攻下这个碉堡，这是你给的时间，现在还没到期限，我们会按时攻下来的。"

他们说的"碉堡"就是把公路修过昆仑山。当时慕生忠说："这是个坎，挡住了我们的脚步，想绕也无法绕，迈过去了我们就又打了一个胜仗。这一仗打得怎么样全看你们了。"

王得民是把刀尖。慕生忠总是把他插在"置敌于死地"的要害处。

王得民的队伍开到施工点，迎面就是一场恶战。一条沟横在面前，沟里是一眼望不透的石头。必须先把石头清理掉才可修路。首战必胜，方能海战取胜。这一点王得民是很清楚的。清石战斗打响了。

首战就那么容易取胜吗？

这条沟少说也有五里长，阴冷，狭窄，那灰灰的云不在天上，却在沟里翻滚。怪了！也弄不清因了何故，沟内堆积着大小极不规则的石头。给人的感觉昆仑山所有的石头仿佛都在这里集合待命。那些石头都被冻土牢固地天衣无缝地簇拥着。王得民他们清理石头的决心，当然比这石头要硬多了。首战必胜！他们先用十字镐把石头从冻土里死挖活拽地刨出来，然后再用绳子、铁杠什么的或拉或撬地弄走。总之，净是甩大汗使大劲的重活儿。当然是费力讨好的事了，清理出空地才好修路嘛！

慕生忠在工地上走了一圈后，心疼这些卖着死力气干活儿的弟兄们，他把王得民和王仕录找来，吩咐道："我看到了，没有比你们这里更累人的活儿了，全靠力气去拼。这样吧，你们改变一下作息安排，工作半天休息半天，省些力气准备长期战斗。你们也不必担心，我已经估算了一下，这样还是可以按期完成任务的。"

施工队两位头儿答应了。可是手心一旦挨上镐把，上上下下都把慕生忠的吩咐置于脑后了。他们在顽强地战斗中，感到高原的气候和冰川，还有缺氧，并不像原先设想的那么怕人，当然也艰苦，但是完全是能忍耐的那种艰苦。这样，他们就不必只工作半天了。是心情放松后演化而来的激情使他们把艰苦程度化解了不少，还是慕政委的关爱让他们着实萌发了新的动力？应该说两者兼而有之。

劳动时哪怕有一句话的幽默，也能使那些本来筋疲力尽的人升华一种开心的朗笑。王得民肯定看出了这时大家需要他给现场加点"佐料"，便风趣地说，我们无非在干两样活，"拉牦牛"和"抢西瓜"。拉着牦牛干活身上自在，抱着西瓜干活心里甜爽。

乱石沟里的大石头像牦牛，小石头像西瓜。王得民如是说，像朗诵诗一样轻松，有味。大家把活儿干出了诗意，还不称心如意吗？

高原上的夏季总乐于把翻云覆雨瞬息万变的天气，毫不客气地送到紧张的工地上来。一会儿是毒热蒸人的太阳，一会儿又是犹如刀刃刃刮皮似的狂风；一会儿落雨，一会儿飘雪，转眼间又变成了冰雹。平心而论，大家对雨、雪、狂风都不怕，最恼人的是那冰雹像石头蛋一样砸下来，乒乒乓乓的，根本躲不及。人们慌手慌脚地采取防范措施，有的把铁锨顶在头上，有的用脸盆护住了眼睛，还有的抓起碗挡住了脑袋……总之有什么顺手可以摸到的东西，随便往头上一放，挡住冰雹就行。反正你不能回山下的帐篷里去，一是来不及，二是往往就是那么吸一锅烟的十分八分钟的工夫，天一晴还得修路，来来回回值得去颠腾吗？

期间，口粮断了，大家每天勒紧裤腰带打发日子。可是这些拼力干苦活的人，一天半顿的饭凑合着就糊弄过去了，长此下去人都垮架了，还怎么修路？

王仕录对王得民说，队长，你和同志们悠着点干活，我带着几个人想办法弄点吃的去。记着，千万要省下些力气，别人倒下去了你也应该拿出劲撑着。咱是掌门的人，不能让大家为我们操心。

王得民嘿嘿一笑，说，瞧你老哥这么一悲观，我的腿肚子都发软了。大不了是一死，放心吧，死了我的骨头架也站着。何况没那么悬乎，饿不死的！

王仕录说的想办法弄吃的，就是打猎补充粮食的欠缺。他颇费苦心地挑选了两位在老家时曾经打过猎的年轻人，跃跃欲试地进山了。这两个人叫丁成山和马占元，都是在甘肃西部的草原上扑腾大的猎人后代，不能说枪法是百瞄百准，反正放十枪总会有四五枪能命中目标。尤其是那个毛毛草草早就不想搬石头的马占元，拿到枪以后乐得嘴角都快咧到耳根下了，他对王仕录说，指导员，牛皮不是吹的，火车不是推的，我不是卖大话，你找我马占元打猎算是走对了门。我家是世代猎人，这在我们那一片草原是谁都知道的事。我爷爷是瞄准飞鸟的肚皮绝不打尾巴，我是专用枪子抠鸟儿眼睛的神枪手。王仕录堵住了他的话，我不管你家是几代猎人，今天我是要你马占元拿出真本事来打猎。

三人带着一支枪，跋涉来到了玉虚峰下。嗬，真没想到，这儿是一片宽阔的草地，天然牧场。那些叫不上名字的野生动物举目可见。有的蹦跳，有的快走，有的欢叫，还有的低飞……好不眼馋。王仕录看着这些活蹦乱跳的鲜活活的生命，实在难下决心扣动扳机，便把枪交给马占元，让他去"杀生"。那马占元不愧是猎人之后，连放十多枪，果然有三四只动物倒在了地上。丁成山虽然比不上马占元，却少了王仕录的慈善，他像与马占元摽劲似的连放十多枪，也有两只动物丧了命。

这一天打猎的成绩不菲，猎到了两头野牦牛，一头野驴，五只黄羊。战利品多多，怎么运走？三人只搬弄了两只黄羊到施工点，其余的猎物堆放在一块高地上，准备次日叫上几个帮手运回去。谁知到了第二天他们跑去一看，只剩下了一堆血淋淋的兽皮和骨头。谁干的这等缺德事？远处的山梁上几只狼正冲着这几个猎人狞叫。噢，明白了，昨夜肯定是这些野狼享受了一次丰盛的晚餐。

慕生忠得知此事后，大笑一场：

"这叫有福同享。谁也别想在这里吃独食！"

马上有人说："一不做二不休，今晚咱再把野狼引来，彻底干掉它！"

慕生忠阻止了："万万不可。狼的报复性太强，我们图个安宁，好好修路，不去惹这麻烦了！"

公路通过昆仑山的那天夜里，满天飞起了雪花。好一个干净清爽的昆仑世界！

慕生忠面对雪野，端起了一碗酒，自语道："昆仑路尚在，而家在何方？"

他想起了谁？远方家乡的亲人，还是即将在可可西里撑起帐篷的那个家……

第七章

今天楚玛尔河上的桥已经是第四代了。一座体现着现代科技水平的大桥。两溜排列壮观的粗壮立柱，威风不减地顶着宽广而厚重的桥面，给人的感觉它就是顶天立地的巨人。

人们怎能忘记当年慕生忠修的那条简陋不堪的"水下路"，那也是桥！有人说，一场雪下在另一场雪上面，原先的雪就不是雪了。不对。两场雪还是两场雪。下雪可以使阳光一片片弯曲起来，它却取消不了原先的雪。原先的雪还是雪。

雪花并不是花，它会冻死春天。另一种美。

那条"漏水桥"仍然活着，永远活着。

暴风的夜幕提前降临可可西里。

地上的一切杂物包括坚冰似的积雪都被这突如其来的魔爪提起来摔上天空，然后卷土重来，又揿入地面。这个世界充盈着漫天的风声，如果这时你仰起头，看见的肯定不再是以往空洞高远的天际，而是暴风涂抹得苍老的世界。

暴风没有中心地全面摧残着千年昏睡不醒的高原，没完没了，常常是连着怒吼三四天也不肯减弱。这就使本来漫长的冬天走得更艰难，明明是 6 月了，这里仍然感觉不到一丝丝暖意。

荒野里站着几只不肯回家也不知家在何处的藏羚羊。

当夕阳把铅块般的云朵变成瑰丽的晚霞时，慕生忠和邓郁清卷着一身风雪骑马翻过风火山，来到楚玛尔河边。他们要在这里住些日子，等公路修过河后再走。

这是一片雪花就能孕育一个冬天的地方。低回而下的云紧压着河面，河也显得阴森了许多。慕生忠站在河岸，聚神凝视着满河翻滚着磨盘大小的互相冲撞的冰块。有些撞碎了的冰碴扑卷到他脚下，仿佛在逼着他后退。他并不移动，也不说话。风雪再大，他也不动，他是高天下的一块岩石，或者说是一幢大厦下的根基。根茎深植大地，拼命往上长。

邓郁清也一直站在慕生忠身后稍远一点的地方，许久，他才说："政委，帐篷搭好了，你进去休息一会儿，咱们该商量一下过河的桥怎么修！"

慕生忠听见了吗？他没有回应，仍然望着被晚霞即将遮盖的河面。晚风继续加深着凉意，许久，他才将目光从河面的冰块上拔出，望了邓郁清一眼，没言声。公路怎么通过楚玛尔河，现在他也不知道。但是他会知道的。他的体内也涌动着一条河，只是不为别人轻易地察觉出罢了。他就这么静静地站在河岸，楚玛尔河以及河岸的一切都被暮色吞没了，连他也融入河浪一起消失在夜色中，他还站着。他祈祷着孤独，祈祷着水；祈祷着喧腾着的孤独，祈祷着一滴水中的大海。

夜色里，那背影单薄而凝重。

谁也不知道他是什么时候回到了他一个人住的那顶帐篷里。不过，此时不是他一人，而是工地上仅有的三个共产党员坐在一起开会。慕生忠已经告诉了到会者，今夜如果不研究出一个在河上架桥的方案，这个会就不结束。他是很严肃地说这话的。

楚玛尔河，这多么像外国地面上一条河的名字。我一直喜欢这四个字，从20世纪50年代末期，看到插在河边一块毛毛躁躁的木板上写着我不知什么意思的这四个字那天起，就喜欢上了它。它的晶莹覆盖了嚣张的尘埃。它吻过我的脚，我触摸过它的脸颊。今天我仍然不知道这四个字的含意，可是我仍然莫名其妙地喜欢它。喜欢到什么程度呢？我曾经说过，如果我有一天要创作一部长篇小说的话，那小说的题目里肯定会出现"楚玛尔河"的字样。世间的生活就这般奇怪，许多事情你不必说出为什么。就像你喜欢上了一个人，喜欢得发狂发痴爱得死去活来。别人问你为什么，你只会用一句话回答他：没有为什么，就是爱！

明明是去年的一瓶酒，今夜把你醉倒。你还是说，我在享受今天的醇香。

楚玛尔河于我，就是这样。

可是，慕生忠绝对不会有我对楚玛尔河这样的感情。这同样不奇怪，因为这条河真的没少折腾他，为难他！

楚玛尔河仿佛是突然出现在可可西里的。这是长江源头的一条支流，它从唐古拉山的群峰中急湍而下，河水挟带着沿途冲来的大量泥沙，整个河水都变成赤色的浊流。当地藏族称它"红河"。楚玛尔河的河面很宽，但是那凶猛的浪头却不因了河宽而变小，相反使人感到它在那样宽敞的地面才可以放开手脚狂妄地暴跳起来。它像一个魔鬼总是在张牙舞爪地磨着牙齿，把整个可可西里变成坟场。站在河边望着河浪涛涛滚滚地漫延着，着实让人害怕。怕它狂蹦而来把人劈伤，怕它藏在河波中的坚冰把人彻底击落。它什么时候才能平静下来呢？冬天。只有这时候，楚玛尔河上是一片干硬的冰滩，行人马车可以畅通无阻。这个时候当然是很漫长了。但是毕竟会有融雪的季节，那时它又变得气势汹涌，滔滔洪水漫流在近千米宽的河床里，远看像一条大江。多少年了，没有人敢惊动它那不安分守己的浪头和转动不息的旋涡。它总是悄然地不甘示弱地平躺在可可西里坚硬的土地上，若无其事地流淌着。

　　这就是当年慕生忠见到的楚玛尔河。对这条几乎置他于死地的河，他必须使它先凝固，再奔腾。

　　这晚，慕生忠住的那顶帐篷里三个共产党员的会开到很晚。这是在工地上临时找到的仅有的三个共产党员。疲劳至极的他们没有不愿睡觉的，但是没有人能够入睡。他们的注意力和眼睛都聚在那盏油灯上。今夜月亮点灯，月亮照着没有渡口的楚玛尔河。酒和香烟弥漫在帐篷里，酒是慕生忠喝的，另外两个同志只是不住嘴地吧嗒着香烟。墙上如果挂着一幅画，让你选择，你没有选择；如果有两幅以上的画，你可以选择其中任意一幅。现在慕生忠他们面临着一片茫然，他们的心里一直装着一条路，却不知道路该怎么走。没有选择的时候，就选择自己。看样子，他们已经讨论或者争论了许久，也没有争论出个结果。沉默，刺刀也戳不透的沉默。三个人都把自己的声音埋在喉咙底下，没人说话。是刚才的争论过于激动疲累了，还是因为没有争出个满意的结果泄气了？也许这些原因都不是，他们就是不说话，好像谁一说话，谁就是失败者。沉默了好一阵子后，慕生忠终于说话了：

"我们还是要谈修桥的事，在楚玛尔河上修桥。把你们的招招都拿出来，我不怕意见分歧，就怕三脚也踢不出一个屁来，死气沉沉的。"

争论。又开始了争论。

争论的焦点不是要不要修桥，也不是怎么修。而是拿什么修。当然，有一点已经达成共识了：不可能修建昆仑河上那样一座桥，尽管那也是一座简易桥，现在也不能再有这样的桥了。主要原因自然是楚玛尔河绝对没有昆仑河那份让人惊胆战的险要，然而最主要的原因还是要修一座像样的桥实在太缺乏材料了。在昆仑河上，修桥人还可以拿着九米长的木料作难，现在连这样的资本也没有了。白手起家！一点儿也不是夸大，名副其实的白手起家！

慕生忠也为缺材少料着急，相比而言，还有另外一件急事更揪他的心。他说："我要提醒大家，我们原定在 8 月 1 日把公路修过可可西里，现在剩下不到一周时间了，公路还没有过楚玛尔河呢，咱不能眼看着计划泡汤。"

一个党员说："可惜咱们不是母鸡，咯哒叫一声就生个蛋。我们就是咯哒十声也不会给河上生出个桥的。没这本事！"

另一个党员说："母鸡下蛋离不开公鸡，我们呢既没母鸡又没公鸡，连个架桥的铆钉都没有，怎么能整出个桥呢！"

慕生忠马上堵住他们的嘴，说："谁说没有母鸡没有公鸡？你们就是母鸡，我就是公鸡。我最不愿意听你们说那些没盐没醋的扯淡话了，咱们就是用双臂作桥梁也要在楚玛尔河上架起一座桥！"

说着，他狠狠地挖了对面两个人一眼，继续说："你们都看过苏联卫国战争时期的战斗电影吧，人家苏联红军的汽车过河时都是走'过水路面'。这样的桥为什么就不能在中国出现？在青藏高原出现？咱跟人家苏联红军比是少了一只胳膊还是缺了一条腿？我就不信！"

他的话给两个同志脑子里捅开了一条缝，立即有光亮流进。一个党员马上就说了话："不必跟着外国人学，说不定咱们还走在他们前面哩。在解放战争时期，我们军队的汽车、马车也是采用这种办法涉水过河，咱们把这叫'漏水桥'。"

慕生忠的高兴是显而易见的，如果他留着胡子的话，大家一定会看到他的每根胡子都笑得颤起来了。他说："好，很好！管它过水路面也罢，漏水桥也好，我们就照此办法在楚玛尔河上修桥！"

不知人们留意到这样一个生活细节没有：在平时条件优裕的环境里，总会有那么一些为数不算少的人，力争把他一个人膨胀成一群人，人上之人；而一旦置身于条件异常艰苦的环境里，比如连填饱肚子的食物也没有保证了，人身安全时刻都悬在空中了，这时人们之间的分歧往往显得很渺小，像大千世界里一片雪花，很容易融化。有时一句话就能融化，因为它只是一片雪花。夜宿楚玛尔河畔的修路人，确切地说是修路人的首领和中坚分子，在这个漫长的夜里，他们以气壮山河的勇气，把躲在云层的月亮改变成了日出。可可西里的夜，真的很美好！

慕生忠招招手，三人围坐得更紧了。不，这会儿已经不是三人了，张震寰不知什么时候悄无声息地进了帐篷，加入这个虽然显得有些稚薄却精悍的队伍。共产党员！共产党员就是不一般！他们继续开会，还是修桥的事。四人谈论得那么投机，那么智慧……

这时，可可西里的暴风已经停了，它歇在修路人的帐篷角里一动不动。一轮圆月挂在中天，它好像与夜空完全游离，随时都会掉下来，坐到帐篷里。

遥远的宁静。

酒是黎明前敲窗的陌生人。酒香咬醒了楚玛尔河新的一天。

当慕生忠红光满面地走出帐篷时，修建"漏水桥"的战斗就打响了——

五个民工先下河探清了河水主流和次流的位置，然后兵分两路开始修"桥"。在次流的地方，用装上石头的麻袋，密密麻麻鳞次栉比地铺上几层就成了水下路。主流处水深，要费一番周折。用红柳条编成很大的"马槽筐子"，深入水底（最深处为 0.6 米），然后在筐子里填满石头。一层不够，再填垫第二层筐子……

他们就这样用麻袋和筐子，在楚玛尔河里铺了一道路面。路在水下憋不住了，从水中冲了出来。

——"漏水路"，桥！

坦率地讲，这样的桥它的技术含量不高，不会难住这些粗手大脚的修路人。但是，它考验的是一种比技术毫不逊色的东西：人的精神。这种精神是实打实的纯金，绝对不是插在细脖花瓶里的那种花，那是给人看的装饰物。我要说的是五个下水探测河水的民工，他们绝对不可能像鱼儿那样自由自在地在河里游玩。五个民工必须是明知山有虎偏向虎山行地顶着浸入骨头的奇寒，紧紧咬着牙关在激流里分辨出浅水区、深水区。容易吗？如果他们发生所有的意外不幸，都应该在预料之中。河床上长满了有棱有角的石子，这时这些饿得疯极了的石子会争先恐后地大显身手。终于有一个民工的脚被割着了，脚心即刻流起了血，冰水马上无孔不入地钻了进去。他疼痛难忍，失去自控，随着水流漂起来。岸上的人除了慕生忠还没有谁发现河里有什么异样。慕生忠一直注视着河面上的动静，这时他大声喊着那个民工的名字："杨二财，你挺住！千万要挺住！"说着他就一把将一个小伙子推进了河里："你快去救人！"那小伙子和岸上另外三个青年，是慕生忠组织的随时准备应对紧急情况的预备队。指挥修桥的慕生忠，深谋远虑，手里掌握着第二梯队，第三梯队……将军就是将军！

杨二财只有 21 岁，胖胖墩墩的个头儿，甘肃农村人。他是主动要求下河的。当他被救上岸时，探测河水的任务也宣告胜利完成。

慕生忠的喜悦是无法抑制的，他走上前拍拍二财的肩，又拍拍另外一位民工的肩，说："了不起，你们实在了不起。平时我看到的是你们在寒冷的世界里忍饥耐寒只顾修路的身体，今天我看见了你们生命放射出的光芒！"

现在，"桥"修好了。美观在其次，是否坚固是第一位。检验"桥"的坚固性如何，只能是汽车的轮子。试桥。慕生忠不说是试桥，他习惯叫"试车"。他大声喊着：

"许平，试车！"

许平是司机的名字，其实他早就整装待发了。

这次试车肯定少了过昆仑桥时那样让人提心吊胆的惊恐万状。它是一种别样的景观。

这是一辆六轮大卡车，年轻的许平紧握方向盘，两眼直盯着翻滚的河浪，缓缓地朝前走去。水面上每隔三五尺就竖着一根木杆，像一排电杆从北岸伸向南岸，不是直线而是曲线，它勾画出了水下桥的形状。汽车沿着木杆小心翼翼地前进。因为河水混浊，开车人根本看不清水下的石块路面，岸上的人总觉得汽车似乎没有移动，只是在原地颠簸。前面稍远一点的水里，还有一个人举着铁锹给汽车指示目标。突然起了大风，河水翻起了浪头，那些木杆大都倒下，随着水波漂流远去。

这时候，民工们都下了水。有的扛着工具，有的背着麻绳，有的还抱着石头……他们的半拉身子都泡在了河水里，一步不离汽车地跟在后面，一部分人还扶着车帮。大家在护送汽车过河，车子一旦偏离下了石头路，他们立马就在水里补修路面。

楚玛尔河在内心深处沉淀太久的声音，今日被车轮压疼了。它也许会暴跳如雷般地狂叫起来，修路人拥着汽车过河，山巅的积雪听到的却是春天走过的脚步声。

有人喊起了号子，那雄浑的声音似乎抬起了汽车。

有人举起了铁镐，那尖硬的镐头分明挑起了水下的公路。

汽车终于稳稳当当地走过了楚玛尔河。那是母亲扶着婴儿第一次学会了走路。

岸上，伙伴们把许平从驾驶室里拖出来，高高地抛起来，又落下去。再抛上去……

楚玛尔河的每一朵浪花都在呐喊。人与水一起狂欢。

这时候，河面上漂来另一个故事。还是关于桥……

"漏水桥"是楚玛尔河上的第一代桥。它是在那个特别年代诞生的应景之物，寿命很短。我晚来了一步，在我开车跑青藏公路时没赶得上走这样的桥。而走过的是另一种桥，这样虽然省去了一份铤而走险的惊恐，却留下了一份一生的遗憾。人就是这样，就在你躺在春天的怀抱里，咬牙切齿地怨恨高原的酷寒给你落下一身残疾时，突然发现严冬里竟然裹挟着那么多的诱人词汇：坚毅，还有忍耐。

在我的高原经历中，深深地烙印着楚玛尔河上的第二代桥、第三代桥和第四代桥。我都是它们的见证人，谁能说这不是一笔值得珍藏的人生财富呢？

1958年的夏天，我所在的汽车七十六团七连的45台车在去西藏亚东执勤途中，风尘仆仆地行驶到楚玛尔河边。按队列编制依次摆放在河边的车队像一条长蛇阵。带队的连长成德玉和副连长秦树刚分别从头、尾车上走下来，将全连驾驶员集合在一起，由秦副连长干脆利落地提出了过桥应注意的三项要求：第一，要一台车一台车地过桥，全都挂上低速挡行驶。前面的车开到岸上后，后面的一辆车才可以启动。第二，每个排由排长或副排长在车前指挥过桥的车辆，副驾驶员站在对岸观察桥体随时可能出现的意外变化。第三，刚刚顶车的新驾驶员一律不得开车过桥，由班长或副班长代替驾驶车辆。

秦副连长宣布这三条近乎战场的纪律时，脸上的表情相当严肃。足见当时通过楚玛尔河桥对驾驶员是多么严峻的考验。他讲完后，抬高嗓门说了一句话：

"谁因为不听话出了事，我崩了谁！"

副连长的严厉是出了名的。他的这句话是历史的箭镞，至今仍然伤在我的心里，但我能理解他。

后来，我常常回忆起我们那次在楚玛尔河过桥的情景，回忆那桥的模样。年代久远，只因看到的当今新式又现代化的桥越多，竟然也对那座木桥的印象更深了。留给我总的挥之不去的烙印是，那桥似乎还不能称得上是桥，或者说不是今天人们概念中的桥，只是架在河上的一个木头笼子而已。横七竖八的木柱、木板、木条组成了一座简易的桥。不仅立柱是木桩，就连桥面也是木板和圆木参差铺就。那立柱是好几根木柱用铁丝捆绑在一起合成的，甚至我还看到这些合成的立柱有些中间是空心，填满了石头。立柱与立柱之间有或直或斜的木板牵连着，暴露在外面的那些不算少的"门"形铆钉显得十分吃劲。奇怪的是，桥面上的那些木板或圆木并没有用钉子固定，都是活动的。汽车在过桥时，桥体的各个部位都会发出很不情愿的吱吱嘎嘎的叫声。

桥两边的地上各插着一块木板，上写：楚玛尔河。

至今，这两块木板的形状仍旧清晰不变地留在我的记忆里。那肯定是两块没有经过锯刨的随意捡来的木板，很不规则，大小不一。写在上面的四个字显然不是出自很有笔力的人之手，软塌塌地散了架一般，很不受看。

那一次，我们全连的汽车过桥大约用了三个小时。当然这里面包括抢救掉进河里的一台车，否则不会拖这长的时间。掉河里的车是车队的收尾车，也就是秦副连长坐的车。当时副连长在向对岸给已经过了桥的驾驶员交代下一步行车计划，没想后院起了火，自己坐的最后一辆车出了麻烦。所幸没伤着人。连长和副连长都马上赶到跟前拖牵出事的车。副连长满面怒气地一把将那个驾驶员从驾驶室里拽出来，抬腿就是一脚。这样还不解恨，他举起胳膊想打人。

成连长赶紧将那举起的胳膊扳下，厉声斥道："老秦，镇静一点。救车要紧！"

大家一齐动手，没费多大周折就把那台落水的车拖上了岸。

秦副连长的可爱之处，就在于他总是能知错便改。车队继续行驶前，他找到那个仍站在河边抽泣的驾驶员，恭恭敬敬地给人家行了个军礼，什么也没说就上车替那个驾驶员去开车。他知道人家心里惊恐又委屈，是开不好车的。秦副连长是个脾气暴躁的家伙，又是个知心疼兵的领导。没办法，就这么个人！

楚玛尔河上的木桥，在岁月的步伐声中渐渐地缩朽成一座孤独的废址。一代人的歌声被埋葬。

这就是发生在楚玛尔河第二代桥上的故事。据说，青藏公路通车后的第二年，国家就拨款整修公路，包括在楚玛尔河上修建了这座木桥。这仍然是一座应景的简易桥，毕竟较之头年修的那条"漏水桥"，已经大大地改进了一步。

大约是"文革"中期，我在楚玛尔河上看到的就是一座钢筋水泥桥了。桥移了位，紧挨着第一代桥，但是第一代桥和第二代桥都不复存在了。新桥的桥柱是水泥灌浇，合抱粗，上面残留着大水漫过的迹印。桥面为碎石子铺设，桥不是很宽，蛮结实。过桥的汽车不必一辆一辆地过了，但车速还是很慢。我依稀记得桥头的限速标志牌上写着 40 公里。

一个年代又一个年代就这样无声地消失了。我却一直无法让自己平静下来。

我看到第四代桥已经是 20 世纪 90 年代初了。那一年，由我和卢江林将军（时为总后勤部宣传部副部长）组织的"七月走青藏"文学创作笔会的 20 余名作家，跨上了世界屋脊。这时候的我，完全有资格在这些人面前倚老卖老，给他们讲那过去的事情，进行光荣传统教育。站在楚玛尔河上自然更多地讲关于这座桥的变迁史。我的宣传鼓动显然起到了应该起到的作用，20 多名作家几乎每人都站在刻有"楚玛尔河桥"的桥头照相留念。与我合影者不少，谁不愿意和一个见证了楚玛尔河变迁史的人站在一起见证过往的岁月呢？

我没有调查过第四代桥建于何年何月，但是从它那雄伟坚实的混凝土外表，我确信无疑地看出这是一座体现着现代科技水平的大桥。尤其是那两溜排列壮观的粗壮立柱，威风不减地顶着宽广而厚重的桥面，给人感觉它就是顶天立地的巨人了。一辆辆过桥时根本不用怎么减速的汽车，一天中能用飞旋的轮子穿梭于平坦的桥面上。

让我最感兴趣的是，在修这座混凝土大桥时，原先那座水泥桥依然保留着。它已经残缺了，很疲惫地站在原处，显然因为卸下了长久的沉默与孤独，它倒有些轻松的样子。现在，每当人们走在楚玛尔河大桥上时，向上游千米左右的地方望去，就能清楚地看见那座桥影。它也在很有兴趣地含情不露地看着望它的人。

汽车马上又要开动，我们继续西行奔赴拉萨时，我才发现远处那座旧桥上，静立着一高一低两个人影。高者正指手画脚地讲着什么，低者很专注地倾听着。我的感觉：他们在追述一片远去的云，那云像一条细长的线，就在那位低个子人的手里牵着，他不愿意收紧它又不想放飞它，就那么一动不动地牵在手里。那个高个子手里牵着另一条线，扯着一片蓝天，给他对面的人讲今天的故事。讲者动情，听者入神。

汽车离开楚玛尔河好远了，我回头时还能看到那两个人影。只

此刻，邓郁清见慕生忠决心已定，本想说什么便不说了。他只感到肩上的担子重了许多。这担子不是慕生忠压来的，而是祖国需要他挑这样的重担。

慕生忠说完继续修路的事，朝邓郁清挥了挥手，便向前走去。不远处是他的那匹坐骑，还有那辆吉普车。

他上马前，拍了拍斜挎在腰里的军用水壶。那壶里装着不冻泉的水，还有几粒青稞。他在喝的水里总会泡些青稞，为什么要这样？他对人说，那是青稞酒。酒？你瞧他，哪里能离开酒！

第八章

　　无人区里有人，而且还存在一个部落，这真是意料不到的喜事。

　　慕生忠的兴奋肯定比别人更浓烈。他说，我给大家兜个底，我们是在饥饿中修路，总是希望得到救命人的相助。有时哪怕别人给我们管一顿饭，我们也许就走出了困境，就得感谢人家。

　　只要一粒星光，人就可以摆脱黑暗。

　　可可西里腹地。

　　犹如孤岛，若隐若现，似远似近。多少石头被枯草吃掉，野风昼夜肆意穿行。

　　千百年来，它选择了沉默。除了沉默还是沉默，漫长的沉默。

　　可可西里和羌塘草原联手组成了青藏高原上面积最大、气候最恶劣的无人区。一直到今天，人们乘坐汽车从那里跑上半天，才能偶尔碰上几个牧民和孤零零的几顶帐篷，还有兵站亮亮的楼房以及索南达杰自然保护站蓝蓝的木板房。但是人们仍然称它为无人区。可想而知，五十年前修筑青藏公路时，那里是多么难以想象的荒凉和空寂。这样远离人群的地方，肯定是野生动物随心所欲放肆撒欢的乐园了。过了好多年，后来在许多场合，慕生忠都要提及他在可可西里看到的各种各样鱼虫鸟兽的情形。那天他在可可西里住下后，先是耳闻，同志们高兴地向他传递消息：政委呀，你到这儿来不必发愁日子过得单调，稍不留神就有动物会钻到你的帐篷让你接见它们。不过你得分别待客，有的跟你友好，有的却要伤人的。接下来就是眼见了。真的好开眼界好开心，慕生忠怎么也没有想到修路修到了这么一个野生动物快乐生活着的世外桃源。他选择在大家吃午饭的时候去看动物。这时工地上稍微安静下来了，动物们乘机出来活动。慕生忠站在离帐篷稍远一点的一个山坡上，有滋有味地看起来了。他先抬头看看天空，好蓝好蓝的无边无际的天空。有大片大片的云朵像受惊的羊群滚落到谷底。他自己好像也成了那云朵中的一朵。陪同他的是工程队负责人张炳武，这是一个已经对可可西里的野生动物有了一定了解的热心青年，他比比画画地指点着——

"政委，你瞧，坡下那片草丛中有一群野羊。它们正在草滩上打打闹闹玩得好痛快。搭眼刚看，野羊的长相多少有点像家羊，仔细瞧，区别就出来了。你看，那头上长着角，那角先直后弯，没有这样的家羊吧！你再看，它们的体格肥胖，很笨，比家羊大多了。两头撕咬着奔跑的野羊，像一双交叉的手臂，搂紧山包的脖子。还有小不点的，那该是羊崽了吧！坡下面那排着一长溜队伍边走边吃草的是野马，高头大脑，四条腿像四根立柱。这家伙很厉害，据说跑得比汽车还快。看见了吗？那里有一片水，是个野湖，这湖还没名字。水面上那些白的黑的小点点就是水鸟了，有的鸟儿还正在天空飞着呢。快，快看，政委！那个用两只后蹄站起来，正望着我们吱吱乱叫的家伙就叫猞猁。猞猁伤人哩！再看，看，那一伙像小汽车一样抻着像长臂似的犄角冲向猞猁的就是野牦牛了。野牦牛后面跟着那伙动物，有黑熊、狐狸、狼……政委你看，这里的动物够多了吧！"

慕生忠连连称道，多！多！是够多的了，简直是一个天然"肉库"！中国独此一家，恐怕在全世界也难再找得到了。他这么连连感叹着时，又看到了那些滚落到坡上的白云，真难以分辨白云与羊有什么区别了。修路修到这样一个世外桃源，是他做梦也没想到的。单凭这一点，也应该早一点把青藏公路修好，让更多的人走进这个美丽的地方，享受生活。

我在这里，一边抄录着张炳武给慕生忠讲的这段关于可可西里野生动物的介绍词，还有慕生忠梦幻般的由衷的感叹，一边不由自主地想着要对它作一点修正。他提到的野羊，以我的所见和认识，似乎是指黄羊和藏羚羊，那长着长而弯角的就是藏羚羊。可可西里的藏羚羊之多在世界上都是出了名的。野羊之说是一种泛指，现在已经无人这么说了。另外，他说的野马也并非真正的野马，应该是一种西藏的野驴。根据动物学界的调查，现存的野马分布地区非常狭窄，仅限于新疆、内蒙古的边境一带。数量微少，濒于灭绝。

任何秀色美景都不可能在这时候让慕生忠长时间享受。他的兴趣很快就从野生动物转移了，另有心事扯去了他的注意力。他今日一到施工点，张炳武劈头第一句话就向他诉苦，说马上要断粮了，这些天他们已经开始数着颗粒按着人头往锅里下米下面了。这是慕生忠预料中的事，他却没有接张炳武的话茬，避重就轻地提出，你们不是说可可西里是野生动物的天下吗？走，见识见识去！

他要转移，他要思考。最主要的，他不愿意在大家都愁眉苦脸犯难时，他再添一张发愁的脸增加大家的精神负担。换个轻松的话题，也许可以得到另一种理想的结局。这就是慕生忠的工作方法：学会转移。另辟蹊径，也许会走到一个风光迷人的世界里。

现在，动物乐园是看过了，应该说还算尽兴吧！言归正传，他这才提起了断粮的事：

"粮食不够吃了，大家首先要找你这个施工队的头头给他们喂肚子，不找你找谁？你给我叫苦，当然啦，你不给我诉苦又有谁能听你的苦水？可是，我说炳武同志，我这兜里能装得下几斤面几两米？"

他说得风趣，也很自然，还蛮幽默。给人的感觉天是不会塌下来的，即使塌下来，还得你这个头头顶着，轮不到我慕生忠。这就是慕生忠，是他性格的另一面，有时就这么沉稳，脚下踩着地雷也不慌。

张炳武却作难了，他不知道下面的话该怎么说下去。他等待着，因为他知道政委会有下文。

政委今天兜里不装粮食是不会来的。他还不了解政委？

果然慕生忠发问了："剩下的粮食能喂几天肚子了，你们有什么打算？"

张炳武回答："顶多能吃三天。到时断了粮就找政委你。"

这是大实话。他张炳武的兜里更是没有装几钱几两的米面。

慕生忠听了张炳武这话，一点也没恼，说：

"不用你找，我这不是来了吗？我估计三天后我们的粮总可以运上来的。不过你们还是把裤带勒紧点吃，防个万一。天有不测风云嘛！"

就在这时候，突然有人呼哧带喘地跑来，说：

"政委，了不得，我们发现了一个藏族少年！"

一听说藏族少年，慕生忠的心弦马上一缩一惊！惊是喜，缩亦是喜。在无人区猛乍乍地看到了人，那真是比看到野生动物稀罕多了。

"那少年从哪儿来到哪儿去？"慕生忠很好奇，问得认真。

"来人只说了是个男孩，其他就不知道了。"

慕生忠对张炳武说："这任务就交给你了，把孩子的情况弄清楚，如是个要饭的乞丐，就给些吃的。咱们再困难，也得行善救人呀，这无人区让他怎么活！如果是放牧孩子，那我们就遇到了救世主。有了牧人我们还有啥发愁的！"

其实，不用政委交代，张炳武已经对那藏族少年做了安排，这时少年正在工地的食堂吃饭呢。一小时前就在他正要和翻译了解孩子的一些情况时，慕生忠来到了工地，他只得放下孩子来陪政委了。所以孩子的事他知道。

这时张炳武边走边回想着今天早晨见到藏族少年的情形。

每天民工出工前，张炳武照例要先于民工们半小时到工地上去转一圈，有事没事都要转。就这个习惯，说不上是为什么，也许这样转转他心里才放心。今天他刚一踏上工地，老远就看见有个人影在缓缓地移动，当时太阳刚爬出山岔，光线反照着，看不大清楚，他还以为是只猞猁或别的什么动物窜进了工地，便吆喝了一声，就没在意。影子停下了，还不清不楚地回应了他一声。是人！

是个藏族少年，能看出是朝圣者。他一直在一起一伏地磕着长头。见有人来了，少年停止了磕长头，静立不动，凝望着张炳武。那脸那身子像一堵冰冷的墙。

少年的形象实在太凄惨。面色憔悴，头发蓬乱，衣不遮体。手心、膝盖、前额，还有鼻梁，都因为不知多少次磕长头已经蹭破，血迹斑斑，有些地方还结了硬痂。令人不解的是他那双眼睛，为什么那么光亮，好像把星星深藏在眼里。瞳仁瞅在人身上，竟然有一种勃勃生机。随即，那孩儿便两腿一软，倒在了地上。亮亮的眼睛像灯盏一样灭了。

"孩子！孩子！"张炳武忙上前抱起藏族少年，惊慌万恐地呼叫着。他不知道孩子的名字，更不懂藏语。

他看到孩子的嘴在嚅动着，心才放松了一点。他把孩子抱进了帐篷，交给一个同志千叮咛万嘱咐地要安排孩子吃饭。他走了，慕生忠来了……

现在张炳武回到帐篷里。

藏族少年坐在火炉旁，他吃了叔叔们给他烤的馍片，身上的元气复苏了少许，脸上泛出了微微红润。藏族翻译顿珠才旦正与孩子交谈，了解情况。

藏族少年叫边巴次仁，15岁。还知道了他是昂才部落的农奴。翻译还想再问更多的情况，边巴次仁就不吭声了。扬起的脸上写满了迷茫，他是不愿说了，还是不知该说什么？

张炳武只好让翻译问一句，叫边巴次仁回答一句。

"一个人出门做什么？"

"磕长头一直磕到拉萨大昭寺。"

"阿爸阿妈能放心让你出来？"

"我出生来到世上就不知道阿爸是哪个，阿妈在一次放牧出去后就再也没回来。"

"一路上吃什么呢？"

"带了一点糌粑，是邻家老阿奶帮我做的，早就吃完了！"

"没有了吃的，你肚子饿怎么办？"

"碰上好心人讨要一点，碰不上就吃这些！"

说着，边巴次仁把随身带的一个脏兮兮的布兜抖开，那里装着牦牛粪，还有一些变干发霉的酥油。

张炳武和翻译心里一阵刀剜针戳般的隐痛。受苦的孩子呀，你这样下去还能活命吗？

翻译继续问着。

"你出来多少天了？"

边巴次仁摇摇头。

"你走到拉萨还要多少天？"

他还是摇摇头。

"你留在我们修路队，和我们一起修路好不好？"

摇头。

翻译不再问下去了，他无声地望了望大家，所有的人都低着头。谁的心里都像泡在醋坛里一般酸楚。朝圣人是名词，唯独没有代名词。它不需要注释，更何况是一个流浪的朝圣人，他只盼着早一天磕长头磕到大昭寺，在圣坛前安全着陆，把水捏成冰。为此，他需要粮食，需要温暖。大家尽其所有能力和心意，给边巴次仁提供了一些干粮，送他上路。他很高兴地和送他的人们一再挥手告别，张炳武坚持送了一程又一程，眼看着他身躯卧地磕着长头，一个又一个，直到那瘦小的身影消失在一个小山坡那边……

愿苍天保佑他一路平安。

在西藏，这样的朝圣者往往还没有到达目的地，有不少人就死在了路上。饿死的，病死的，遭受野兽袭击而死的都有。无怨无悔，荒野就是他们的家，他们最后的归宿。

送走边巴次仁，帐篷里有人开始高山反应。

且不说边巴次仁在朝圣中要吃多少苦头，人们只能祈祷他平安无事。他的出现实实在在地振奋了修路人的情绪。无人区里有人，而且还存在一个部落，这真是意料不到的喜事。可不是吗？边巴次仁是农奴，昂才是农奴主。边巴次仁亲口说了，他是昂才部落的农奴。

慕生忠的兴奋肯定比别人更浓烈。他说，我给大家兜个底，我们是在饥饿中修路，总是希望得到救命人的相助。有时哪怕别人给我们管一顿饭，我们也许就走出了困境，就得感谢人家。

只要一粒星光，人就可以摆脱黑暗。

慕生忠对这个农奴主寄予希望，自有他的根据。他认为，这个昂才十有八九就是安多买马部落的头领。他与这个部落曾经有过交往，对其情况略知一二。那是他们进藏运粮路中人困马乏时，买过他的粮食，得到了他的帮助，慕生忠就记住了人家的好处。

慕生忠此时的喜悦也缘于此。

但是，对于他说的昂才可能就是安多买马部落的那个头领，有人怀疑。原因是安多在唐古拉山那边，是西藏属地。可可西里在唐古拉山这边，属于青海管辖，两处相距二三百里，哪儿跟哪儿呀，怎么可能是一个部落？

慕生忠是个粗中见细的有心人，他丁丁卯卯地办事且认认真真地动脑，这谁都知道。看见了吃草的牛羊，他就能判断出牛羊主人的模样，逃过了贫穷和恐惧，他就会安顿一阵子相对稳定安然的日子。他说出了昂才是安多买马部落的头领，是有根据的。

原来，他来到可可西里这些天，除了关注修路工程的事之外，还耗去不少时间和精力去做社会调查。施工开始以来总是断粮，而且今后难免还会出现这样的情况。所以他一直想着能不能就地得到一些粮草，以解燃眉之急。在调查中，修路队的负责人之一齐天然反映的一个情况引起了他的足够注意。齐说，他随测量队在沱沱河一带发现了牧人住过后留下的痕迹。风蚀了的地灶，还有撑帐篷的印痕及人畜粪便。这使慕生忠联想到了他所掌握的一些史料，这会儿在脑子里变成活物了。

西藏和平解放后不久，藏北草原上的安多买马部落暴发内乱，一个部落分裂成两股势力。分化出来的那部分人马离开安多向唐古拉山游牧，后来游荡在唐古拉山和长江源头沱沱河一带。据此，慕生忠推断，边巴次仁所说的那个昂才很可能就是安多买马部落的头人。

这时，慕生忠给在场的人讲出了自己的以上推断后，便把一双锐利的目光射到了齐天然身上。显然齐天然想躲避，但晚了，慕生忠点将点到了他头上。

"老齐，沱沱河游牧藏族同胞留下的痕迹是你们发现的，你说说，你对这事怎么看？"

齐天然已经预感到将有一项无法推卸的特殊任务落到自己肩上，因为他对慕生忠的脾气太了解了。他便站出来请战，说：

"政委，你是个直率的将，我也是个不拐弯的兵，你要我做什么，就下命令吧！"

慕生忠借风助威，嗓门抬高了八度："如果这里确有昂才部落的人马，我们解决断粮的问题就多了一条渠道。我当然希望我们自己的粮食能及时地运上来，但是由于我们目前确实还存在着无法解决的困难，所以很难做得到。这样我们就得设法求助别人，包括这个叫昂才的头人。我们可以派人去向他借粮或买粮。"

没有人应和慕生忠。他当然清楚大家都在想什么。

买粮？

钱呢？修路的费用都紧张得快拉不开栓了，哪里还有钱买粮！

借粮？

粮在头人手里攥着，他凭什么借给你？你是他什么人？

慕生忠可没有想这么多。不，也许他想的比这要多。你听：不就是两条路吗？他不给咱卖粮咱就借。如果他不借，咱就买。谁说没钱？这不是钱？

说着，他从口袋里掏出几个圆圆的银圆，举起来敲响着：齐阎王，谁能说这不是钱？说着他还把那银圆抛向空中，亮闪闪地翻着个儿，才落到手中。

齐天然的聪明在许多时候表现在他对慕生忠的话领会得要比别人快，就是俗话言：看眼色行事。谁的眼色？自然是慕生忠了。他对他的脾气确实太了解了。这时齐天然见慕生忠亮出了自己的腰包，他便点拨大家：

"是呀，谁的兜里能没几个闲子儿？借钱又不是不还，怕个甚！"

慕生忠在一旁煽风助火："钱闲放着又不能生儿子，拿出来快把公路修好那是积了大德。你们要是不放心，我打借条，有借有还再借不难。你们不用担心用什么还钱，公路修通了，我慕生忠批个条子就是钱！"

仍然是沉默。

许久，才有几个人异口同声地问："借钱好说，我们都会尽力的。且不说人家昂才愿不愿意卖粮给我们，咱们总得有人去办这事，谁去和昂才谈判呢？"

慕生忠的目光又一次射到了齐天然身上。他说："齐阎王，这事非你莫属，你不要推辞了，身负重任进一趟昂才的部落！"

大家一齐拍手，赞成齐天然出使藏族部落。

原来，头年给西藏运粮经过安多时，齐天然见过昂才一面。虽然他没有和人家搭话，可在这时候也算"熟人"了。

齐天然说："我很愿意完成这个光荣的任务，可人家昂才愿不愿意卖粮给我们，就不是我能决定的事了。"

马上有人递话："带上几个兵，拿上武器，看他昂才吃了豹子胆，敢不卖粮？"

慕生忠斥道："放狗屁！民族政策不允许这么干。惹出麻烦来谁也负不起责任！"

没有人敢说话了。齐天然在沉思。他绝对不会在不语中用沉默埋没自己，而是在用智慧唤醒着体内的大海……

慕生忠走上去，对齐天然说："我不会让你单枪匹马去见昂才。这样吧，张炳武给你当助手，还有翻译顿珠才旦，你们三个人去完成这次特殊任务。人多势众，你要设法拿下这个碉堡！"

老爷子拍板，事情定夺。

慕生忠送齐天然，一程又一程。末了，不得不分别时，他才丢下一句话："拿着粮食回来见我！"

齐天然很有点壮士一去不回还的豪情，双手抱拳，说："我不会让政委失望！政委多保重！"

慕生忠原地站着不动，久久地望着齐天然，直到那宽厚而略微摇晃的背影消失在两座雪山之间，他还静站不动……

慕生忠不会忘记他和齐天然的深情交往，孤零又遥远……

齐天然有个外号叫"齐阎王"。他是一个出身、阅历十分复杂的人。他本是国民党军队的少将，新中国成立后在我们组建进藏工作团时，他却成了购驼组的负责人。修筑青藏公路前，他又提前进驻可可西里建站，任站长，为修路扫清障碍。

同是一个齐天然，他的过去却有着不同寻常的日子。

他和慕生忠是老乡，也是陕北人。但是两个人的出身大相径庭。慕生忠生于一个破落地主家庭，齐天然却是富豪之家的公子。其实富豪家的人并不都是穷人的死敌。也许正因为有这个富豪外壳的遮掩，在抗日战争时期，齐天然的家实际上成了共产党的联络站。他们兄弟九个，有七人是共产党员。许多从国统区投奔解放区的进步人士，有不少在他家中转，安全地到了延安。齐天然是兄弟九个人中唯一的一个另类，站在了七个兄弟的对立面。他刚满20岁时就投奔到冯玉祥的部下，给国民党元老高桂滋做副官，并被认作干儿子。他不认为自己是认贼作父，而是心甘情愿当干儿子的。同样，后来当他亲手枪毙了一个作恶多端的国民党将军时，也不认为就是给他的干爹难堪。坏蛋，不管是来自哪个阵营，都不允许他活在世上。干爹当然没有想到干儿子会来这一手，但是他并没有过多地指责干儿子的行为。

众人都说，齐天然除恶为民的行为是受了他几个共产党员兄弟的影响。这种说法不无道理。但人们应该更懂得这样一个真理：每个人的路都是自己走出来的。外因最终不能左右本人的脚迈向何方。你看，干爹不就没有"影响"干儿子的选择吗？

齐天然对日本鬼子的仇恨肯定超过了他杀掉的那个将军。

有这样一件事可以佐证：抗日部队在山西洪洞、闻喜一带抓俘了一批日本鬼子。在处决那些非杀不可的罪恶滔天的要犯时，这些连眼仁里都凝聚着中国人民鲜血的刽子手，他们跪在中国军队面前求饶，要求对他们剖腹处决，为的是保留一颗完整的头颅。齐天然"接受"了鬼子的请求，他说，好，我成全你们，省下一颗子弹。说罢他就愤怒地举起大刀，将一个鬼子的头颅砍得粉碎。他命令部下对其余该处决的鬼子一律照此办理。

从此，"齐阎王"的名字就传开了，自然是日本鬼子送给他的。他们一提起"齐阎王"就丧魂落魄，赶紧逃溜。他们知道"齐阎王"专门砍日本鬼子的脑袋。

齐天然担任过国民党驻延安的边防司令，权势显赫。他的侄儿是我们的地下党，习仲勋通过他做齐天然的工作，把胡宗南从延安撤离时留下的大批弹药巧妙地保存下来，交给了我军。这事使胡宗南对齐天然产生了疑心，便将他发配到汉中，明升暗降。如果说保存那批弹药时齐天然还是朦朦胧胧为革命出力，那么汉江边的那次假枪毙人就是自觉的行为了。

当时，在西安某监狱关押着一批我党的干部和爱国知识分子。在延安吃了败仗的胡宗南，把对我党的满腔仇恨集中在这批囚犯身上，他决定将他们押往汉中秘密处决。坐镇汉中的国民党头目正是齐天然少将。这时齐天然已经和我党的地下人员有了较为密切的联系，他疏通了监狱长，半夜三更在汉江边，搞了一次假枪毙，放走了狱中的全部人员。

西风里，齐天然关上了一扇窗。东风里他又启开另一扇窗。

后来，齐天然在四川率部起义，投诚中国共产党。在重庆举行的欢迎国民党起义将领宴会上，一位共产党的高级将领端着酒杯，走到齐天然面前，说：

"我敬少帅一杯酒！"

齐天然确实不认识这个共产党人，便问："敬酒为何？"

"我是从你枪口下逃出来的！"

齐天然仿佛明白了，他不换眼地打量着这位敬酒者。

原来此人是刘邓大军的一名师职军官，在一次战斗中不幸落入敌人手中，在西安监狱关押多年。齐天然在汉江边假枪毙营救的共产党人之中就有他。

以上就是国民党少将齐天然的经历。不过，这只是他的一半经历。他的另一半经历在新中国。

新中国成立后，齐天然成为西北局统战部的工作人员，安置国民党遗留下来的人员。这当然与他在国民党军队里任职有关。后来，他又参加了西北局组建的进藏工作团，担任购买骆驼、骡马组组长，这个职务是由国务院任命的。他的怀里揣着盖有国务院大印的红头文件，带着一批人马奔赴甘肃、宁夏等地买骆驼。不久，就赶着驼队来到香日德，随运输总队进藏。慕生忠就是这时候认识了齐天然。

这是 1953 年冬……

齐天然，一个从国民党营垒走来的少将，此次担负起了前往藏族部落买粮的任务，慕生忠是放心的。因为他在异常险恶的环境里多次营救过共产党干部，因为他不辞辛劳购买来了一批进藏的骆驼，因为他于修路大军进藏之前就来到可可西里荒原建站。

三匹高头大马，晓行夜宿。踏灭雪山黄昏，牵出河源黎明。路途的艰难省去不提，他们翻过唐古拉山后，驻足。

安多买马部落。

一片草甸，一条山河，还有一座山包。

几次阻拦，几道传令。齐天然一行才见到了昂才。

这是一顶装饰得虽不算十分豪华但很讲究的藏族卧地式毡房。满地铺着深红的地毯，毯子中间绣着一只仿佛随时都要振翅远飞的凤凰。凤凰的正面摆放着一张香樟木条桌，通体闪着乌黑的光泽，有几分阴森，也透着几分炫耀。条桌后面是一个很大的红柳根椅子，像是天然长成，又仿佛稍有雕饰，反正很特别，也很威严。昂才端坐其上，他目不转睛地把来人看了许久，然后才闭上眼睛，接过了齐天然递上来的哈达，并示意身旁的奴仆接住了砖茶和盐巴。

昂才长时间不语。藏式帐篷里异常宁静。

双方对话开始，均通过翻译。

昂才问："你们是哪路人马，为什么就这样不守规矩地大摇大摆地闯进我的部落？"

齐天然答："王爷，我们的大军被困在可可西里，面临断粮。来向王爷求救！"

"大军？我从来没听说过有什么大军，是从冈底斯山的崖上蹦出来的吧！"

"王爷，我们是共军，来向王爷借粮。"

"共产党的军队，是老百姓的军队！"

"不用说了。我不管共军不共军的，我只知道在安多这一大片草原上，我昂才就是天就是地，谁见了我敢不叫爷？大山站在我买马部落，河水流在我买马部落，农奴是我用钱买来的，牛羊也归我所有。如果有谁想在我的地盘上拔一根草，舀一勺水，我就敢剁掉他的腿挖掉他的眼。你们这些共军，还有那些国军，只要他头上不长犄角，脸上没有四只眼，就不能在我的部落落脚。今天你们说是来找我买粮，我看怕是来抢粮的吧！"

他肯定是想用这番威胁的恶语吓退齐天然，可是齐天然不能退。他肩上压着慕生忠交给他的任务，他只能如实地对昂才说：

"王爷，你想错了，我们不会抢你的粮。我们是修筑青藏公路的队伍，一直要把公路修到拉萨去！"

"公路？难道路还要分个公和母吗？"

齐天然只觉得好笑又可气。可是他真的不知道该如何对这位自认为至高无上的头人把公路是何物说清楚。昂才从来没有见过汽车，何谈公路？他们根本就不知道外面的世界还有一种四个轮子的东西比他们的牦牛和马跑得更快。西藏确实太封闭了！当然西藏的那段历史，人们仍然可以像打捞沉船似的打捞到珠宝。但是，齐天然心里明白，不管他昂才多么无知，竟然不知道公路是何物，你总得给他讲个大概的意思，让他明白为什么要修公路。更要他知道对他昂才也是有好处的，要不他凭什么要把粮食拿出来？

也许是想让齐天然歇口气，思量思量眼前这个残酷的现实。张炳武这时插话给昂才解释了这个头人根本不懂的公路："王爷，公路比咱们西藏目前的路都要宽、都要长、都要平。汽车跑在这样的路上，就像天上的飞鸟那样快。对，人坐在汽车上可以到处走，只要五天就能从兰州跑到拉萨。王爷是知道兰州的，你骑上最剽悍的公马，恐怕跑一个月才能到达。汽车嘛，五天就足够了！"

昂才好像听明白了一些，他望着张炳武说："你是一个会唱动人心弦的歌儿的小鸟，听你这么一说，我好像明白了你们修的是一条神路！"

齐天然和随行人员终于听到昂才说出了一声称赞修路大军的话，他们一直悬空而吊的心稍微有些放松。好像跋涉了一段漫长的路，终于找到了一个驿站。可是没有想到，当谈及买粮的事时还是那么的隔。他是一口深不见底的枯井，求粮的人犹如那块井沿上的轻飘飘的井盖。

昂才翻起白眼扔出一句硬邦邦的问话："好大的口气，要买我的粮？我倒先问一句，你们准备用多少银子买多少粮？"

齐天然拎起一个布袋，哗啦一声，白花花的银圆在地上倒了一堆。他说："就这些银圆，王爷你看能给我们多少青稞面？"

买马部落的人都说，昂才头人从十年前开始就用银圆和黄金给自己铸造了一尊塑像。这样一个腰缠万贯的富豪，对眼前这半布袋银圆显然没有丝毫的兴趣。他摇了摇头，那双滑亮而深沉莫测的眼睛许久地盯着齐天然和张炳武身上的子弹袋。他的目光像一把铁钩，恨不能把子弹袋掏空。

翻译顿珠才旦马上明白了，问："王爷的意思是要拿子弹换你的青稞？"

昂才狞笑一声点头。自齐天然进来后他脸上第一次展出了笑容，不怀好意的笑。

齐天然不语，他一时不知该说什么。

昂才说话了。同样这是他第一次主动给齐天然讲话：

"银圆我不缺。如果那些穷光蛋们肯听我的话，我还可以赏给他们一些。我缺的是子弹。我最感兴趣的是玩枪。你们既然红口白牙地表白是给西藏人办好事的，希望成全我的这个愿望。"

像被一根粗野的芒针刺在心里，齐天然浑身涌满热痛。是的，干净的地方会越擦越净，但脏污的地方永远也擦不出干净来。他只感到后脑勺上的头发也仿佛着了火。但是他忍住了自己的情绪，脱口而出：

"如果要我们成全你的愿望的话，那么你也得成全我们的愿望。这叫条件对等。"

求人救命的齐天然从胸腔里射出这番话，当然没有想把对方镇住然后自己拂袖而去的意思，他只是想出一口恶气。谁知贪婪子弹的昂才并没气恼，只是说：

"你讲吧，要什么对等条件？"

齐天然提出，他和张炳武所带的这些子弹，要获得用三倍于那些银圆换来的青稞。

昂才的慷慨也带着极端的野性，贪婪就是这种野性的集中体现。他忽然站起来用掌心击了一下桌面，出口就成交："三倍算什么，五倍！"

齐天然没有任何的感动，他为这个无知的人感到悲哀。"好，一言为定！"他只能这样说。

就在齐天然毅然拍板的一瞬间，他感到了自己为此要承担的责任。武器或子弹是不能随便处理的。但是，为了修路人有饭吃，为了西藏有一条公路，此刻他也只能这样做了！他回去后会竭力给慕生忠解释，如果慕生忠不接受他的解释，那么他就把一切责任揽过来。这样的错误他今生就犯这一回。为了西藏，犯一次错误！这是在特定的环境里身不由己的选择！

齐天然牙一咬，把两条子弹袋放到了昂才面前的香樟木桌子上。

贪心无当的昂才并没有收敛他贪婪的笑容。他说："应该是三条子弹袋。"他指着翻译这样说。

齐天然回敬他的话是："翻译是我们走进你们部落的联络人，你们部落有规定，联络人是不能带一枪一弹的。"

昂才："好！就这样了！"

他显得格外满足，对面前站着的这三个人的态度也变得温和了，说："共产党够意思。我没有理由不相信你们。"

他吩咐他的属下把部落里做糌粑的青稞全都拿了出来。可是他的存粮太少，一共不足 300 斤，杯水车薪。这与他的大度显然极不相称。

齐天然的不满是肯定的。但他能说什么呢？

昂才看出了共军的作难，便说："我既然收下了你们的子弹，就不会对你们的断粮缺草不管。这样吧，为了给西藏修一条公路，我再另外给你们筹粮。"

头人的酒和农奴的酒，味道是不是相同，只有喝酒的人分辨得清楚。昂才的慷慨完全是那两条子弹袋给激发起来的。齐天然当时和后来始终都这么认为。

昂才说话算数。之后，由他督阵，叫家奴赶着 300 头牦牛，到安多城里收购了一趟青稞，交给了修路队。

我们姑且隐去昂才贪婪的一面不谈，在修筑青藏公路的功劳簿上，应该给他记上一笔。这是慕生忠的意思，他在生前只要提起昂才，总是少不了几分感激之情。

也许，昂才就是这么一个简单的人。不，确切地说他就是这么一个复杂的人。他骨子里天生的那个基因是不会轻易改变的，他有这一面更有另一面。同情不是他的性格，透明也不是他的身影。他的乐趣无法更改地建立在农奴为生存挣扎的呻吟里。在五年后西藏上层分子背叛祖国的那场叛乱中，他服从了达赖喇嘛，跑到印度去了，至今生死未卜。

人们理所当然要关心那个朝圣的藏族少年边巴次仁的命运。

20多年前，我颇费一番周折，在格尔木一间低小的平房里，找到了边巴次仁。他是西藏汽车队的一位司机，常年在青藏公路上跑车。他开车中出过几次车险，亏他命大，活了下来。西藏有多遥远，他就把多遥远的路留在车轮上。我看到他那年，他才50岁出头，可看上去比实际年龄要苍老。我用木讷二字形容他的表情一点也不过分。他是一个很不善言谈的人。即使这样，仍然可以从他石雕似的脸上及铁铲般的大手上，看出父辈传递给他的藏家人特有的坚毅。

上无阿爸阿妈下无兄弟姐妹的边巴次仁，告别修路队踏上朝圣路之后不几天，又一次饥渴难耐地倒在了荒郊野地。修路队的同志第二次救了他，他拜张炳武为干爹，就这样自然而然地成为修路工人。直到青藏公路修好通车，他也没有放下手中那把磨成月牙状的铁锹。其间，他成为一名光荣的共产党员，亦可称为"火线入党"，这在修路中是不多见的。可见边巴次仁出色的工作得到了大家的认同。他对什么事都感到新奇，一边修路还一边跟着司机学会了开汽车，有时竟然能顶替司机运输材料。路修到拉萨，队伍撤回格尔木，领导曾打算安排他到一个小单位负责工作，比如到养路道班当班长什么的，他辞谢了。理由是他难以胜任这样管人的工作，他说自己还是开汽车好。就这样始终开着汽车跑青藏线。20世纪60年代中期，他成家立业，爱人也是一位藏族女子。

边巴次仁，就是这么一个默默无闻的人，他甘于寂寞，似乎天生就应该这样。他没有飞翔的愿望，但也不是笼中的鸟。开汽车就是他最开心的事，青藏公路就是他的天空。他总是不知疲倦地跑车，跑车……汽车轮子就是他的翅膀，他尽情地痛快地飞着。他始终没有忘记在他的背后有一束温柔的阳光。这阳光就是慕生忠将军。

他告诉我，这些年他老了，忘记了许多人和事。但始终记着将军，很想见见他，可是不知道将军在哪里。还有干爹张炳武，早些年就回内地了。开始还有过联系，后来就断线了。也许是干爹把他忘了，但他记着干爹，永远记着！我是蒲公英找不到春天找不到风，干爹，你到底在哪里？

第九章

1954 年这个不平常的夏天，应该让历史记住彭德怀的名字，还有他那间简朴的办公室。修路碰到了困难的慕生忠，竟然直奔北京又一次找到国防部长彭老总，坐在那间办公室里一张四方木板凳上，报告修路的事情。慕生忠说，这木板凳坐着舒服！

他的头顶，太阳和月亮是时间的形象。太阳是时针，月亮为秒针。

昨日黄昏他的双脚还踏在楚玛尔河畔，今天清晨他的身影已经映在了不冻泉里。此时此地的慕生忠，他不是上行，而是下线。他要到西宁、兰州，直至北京。

有了困难，上北京求援。找彭德怀彭老总！

他慕生忠真是个"艾大胆"，没有向上级报告也没有跟任何人商量，就给大家宣布，改变了原先把路暂时只修到可可西里的计划。

他宣布这个决定时的口气相当铁定，不容置疑。但是回到帐篷里后，他才自言自语地问了自己一句："我真的有把公路修到拉萨的本事吗？"

自问，却没有自答。他不知该如何回答。

走，上北京！逼上北京！只能走这条路了。

这不是先斩后奏吗？他笑了。转而又想，这也是一种工作方法。世上的有些事，你就得用这样的办法对付，要不，干点事太难了。你干起来了，他就得承认，不想承认也得承认。利国利民的事，给西藏修一条公路，天大的好事，为什么不能干，有什么理由得不到承认？

当然，他慕生忠比谁都清楚，仅仅凭热情靠闯劲，肯定不能把公路修到拉萨。得有钱呀，没钱寸步难行。可他慕生忠眼下是赤手攥空拳，有修路的热情缺的是钱。他此次进京就是伸手要钱。要钱修路不是丢脸的事。

他这么想着，完全是一副很自信的走路姿势。那么，可爱的慕老头，你此次上京是否做好了风筝断线地平线下坠的思想准备？没有的。从他这自信百倍的精气神上看得出，他定能把事办成！这时他已经从北京站出来走在了长安街上。他的脚步迈得很大，全然是一副前途光明的样子。可是刚光明了一小会儿，他的步子就不由得慢了下来，有了几分灰心。

实事求是地讲，他对自己此次进京的前程还是很难预测。彭老总会不会再给他批钱给他出兵，他慕生忠说了不算。甚至可以说彭老总说了也不能最后拍板，上次彭老总不就请示了周总理吗？你这个慕生忠呀难道成了个无底洞？张口就是要钱！彭老总会这样半开玩笑半认真地说……他不敢再往下想了，收住脚步，犹豫起来。瞧，

159

这就是人，活人。这就是慕生忠，走在夹缝里办事的慕生忠。

慕生忠回想着自己在邓郁清和同志们面前那副非我莫属的信心十足的样子，"只把路修到可可西里算什么修路？不行，修到西藏！修到拉萨！"说这话的那一刻，他慕生忠简直就是主宰天地的英雄了。他想开一个灿烂给寒冬看。但是这时他才明白仅靠他一个人干不成这件事。我慕生忠可以吆喝着让大家修路，可这吆喝声毕竟变不成路！

慕生忠终于也有这么一天，认识到还有自己伸着胳膊够不着的地方。其实不能这样评说咱们的慕政委，他就是这么个人，高喉咙，大嗓门，甚至爱训人。在大家遇到无所适应的事情情绪低落时，他总是要站出来，立在一个较高的地方，激情万丈地吼着高调，让大家兴奋起来。不兴奋算什么当兵的，算什么修路工人？果子在眼前晃动着，你连举手摘下来放到嘴里的兴趣都没有，这人不是行尸走肉才怪了！慕生忠就是要让大家兴奋起来，如果有些人对他的煽情无动于衷，他还会骂他一句：娘的，你是死人！一旦把大家刺激得跃跃欲试了，他便开始冷静地思考怎么把下一步棋走得尽量稳妥些，少让弟兄们泼洒点劳而无功的汗水。

谁说不是这样呢！想想吧，从修路开始至今，他都是按这个套路去工作的。自然，我们并不排除任何时候任何地方都会出现的另外一种情况：有人对慕生忠将军的工作方法不理解，会说他太生硬，太革命了，有时甚至不近人情。在背后骂他的人也有的是。还有人骂他不是人。骂就骂去吧。谁人背后无人骂，谁在背后不骂人。难道这也成了个规律？骂就骂去吧，他慕生忠也骂人嘛。骂几声又不会少你斤短你两，咋啦！但是，事情的结果呢，使更多的人真正地了解了将军，走近了将军，从他身上感受到的是一种光辉。他常常会做这样后悔的事：把他骂过的人叫过来说，我向你道歉，我不该那样对待你。你千万别以为他说了这句就完事了，没有。他马上又会跟着说另一句话：你还得听着，我的错我改，你的错下次也不能再犯。否则，我还要骂你。你看看，他这脾气何年何月才能改掉呢！

这就是慕生忠。一个活生生的有棱有角的人。完全是出于公心，完全是为了你好。谁能说什么呢？大家怕他，但都服他，服服帖帖。

扯远了，还是回到慕生忠上京伸手要钱的事上来。

此刻，1954年的盛夏，慕生忠顶着热辣辣的太阳，大步如飞地走在长安街上，目不斜视。完全是一副斗志昂扬很自信的样子。天气太热了，他感到口干舌燥，胸膛好像燃起了火，嗓子要冒烟了！该喝水了。可水呢，哪儿有水？

他莫名其妙地想吃西瓜。那多来劲，咬一口含在嘴里，软软，酥酥，甜甜，满身每个细胞都清清凉凉的爽！他就是这样，常常出其不意地生出一些说不清道不明的想法，腿走累了不是坐下歇歇，而是加快赶路的步伐。口渴了不愿喝水，却想吃西瓜。这个季节，在京城找西瓜并不难。刚好，路边就有个西瓜摊，他几步就跨上去蹲在了摊前。卖瓜人一看他这灰头土脸的样儿，就很善解人意地切开了一个大个西瓜。他说，你撑死我呀，要一半就够了。卖瓜人很大度地说，我这瓜掂个卖，吃多吃少由你，钱不多收你一分。他甜丝丝美滋滋地啃了几牙瓜，甩给摊主足够的钱：不用找零了，你这瓜值！两个都是痛快人。

西瓜下肚，心爽了许多，身上的疲劳也消散了。长安街上又见他健步如飞的身影。

前面一面高高的红墙，之后又是一栋楼房。慕生忠没有去国务院，也不找交通部。那些地方没有熟人，人家知道他慕生忠是老几？他就知道彭老总，那是他的领导，又是老首长，他就去找彭德怀。

那个年代办事，很少有现在这一套慕生忠当时学不会也不愿学的烦琐程序。他慕生忠竟然可以从大老远的青藏高原进京直接找国防部部长办事，不需要中间那么多的请示报告。

我们不能回避这样一个现实：好多程序是多余的。多余更是多余的。

事情原本就这么简单。慕生忠终于站在了彭老总的面前。彭老总的办公室真是简朴，让慕生忠落座的竟然是一个四方木板凳。舒服，他坐着肯定特别舒服。

还没等慕生忠汇报情况，彭老总劈头就问："慕生忠，你真的把路修上山了？"

疑问的口吻里满是赞许。

慕生忠端端正正地站立起来，给彭老总行了一个标准的军礼，回答：

"那还有假？我是坐着您给我调拨的那辆小吉普上的山，又坐着它下山的！"

彭老总说："你行呀，慕生忠！我看让你上天摘月亮，你这个慕生忠也会设法拿下它。是要有这么一股不服输的劲，有这股劲还愁修不成青藏公路！"

他们的对话谁也没点明上的是什么山，下的又是什么山，在什么山上修路。但是谁的心里都明白，那指的是把路修过昆仑山。昆仑是青藏高原的代名词。

慕生忠说："首长，我要给你汇报工作……"

彭老总打断他的话："别急，你先坐下，正好我今天有空闲时间，咱们就聊聊你们修路的事。我要听实话，你发牢骚我也听。你们在高原修路遇到的困难肯定不少，发几句牢骚喊喊困难出出气，可以理解嘛。"

这之前，慕生忠心里一直挽着个结，担心自己这个不速之客耽误首长的宝贵时间，人家是国防部长，每天有多少事情等着他忙。这时听首长要跟他聊修路的事，乐得他满脸是笑容，鼻子眼睛都移位了。他消除了顾虑，详详细细地给彭老总汇报起了三个月来他们在青藏高原苦战而快乐着修路的进程。就连艾家沟口的大个蚊子、昆仑山口只走十二步、楚玛尔河浑浊的水，等等，都给首长从根到梢地说了出来。他慕生忠了解老首长的脾气，凡是他情愿听的事情，你就得细枝末节地给他讲，要不他会批评你工作太粗疏。这回他慕生忠足足用了半个小时给首长讲了修路的事。末了，他才转弯抹角地喊起了困难。

"彭总，当初我从您手里领受任务时，我慕生忠拍着胸脯给您表示，一定要把公路修到拉萨。现在我也没有改变这个主意，民工和部队还在干劲不减地往前修路。修路是没问题，可是遇到了一些困难，我们正想办法克服。当然，仅靠我们的力量……"

彭老总显然被慕生忠已经做成和正在做着的事情所感动，并深深地兴奋着。当他听到慕生忠的话题一转讲到眼下还有些困难时，一向喜欢直来直去的他，便又打断对方的话，说：

"我说慕生忠，你这个很痛快的人今天给我说话也打起结巴来了。你就干脆一点说，让我彭德怀给你批票子，不就行了吗？"

慕生忠忙说："我这不是正要给首长张口吗，实在不知道这口该怎么开。您已经给过修路的钱了，再向您伸手怕首长作难！"

"作难，我作什么难？钱我已经给过你，人马也派给你了。我就要你把路修到拉萨。完不成任务我不会轻易饶过你。我是说话算数的！"

"彭总，你听我说。当初我是答应您把路修到拉萨，可我们估算了一下，那些钱只够把路修到可可西里。这样，我们就分了个第一阶段和第二阶段工程，总的目标没有变。我今天来就是给您汇报关于第二阶段的工程……"

"好啦好啦，不就是要钱吗，让我掏腰包。这个你不要发愁，由我们军费里解决，这样好办些，也不用再给周总理报告了。"

慕生忠笑得满脸开花："军费里解决，这样好，这样好！谢谢彭总！谢谢彭总！"

彭老总直摆手，说："谢什么呀谢我，我干啥子来嘛，钱又不是我腰包里的。你还没有告诉我，你需要多少钱？"

慕生忠把早就估算好的钱数和物件等一股脑讲了出来："200万元，100辆卡车，两个工程团。"

彭老总非常痛快地答应了："你要的这些我都给你满足。你的任务就是把路往前修，修到拉萨再来见我。还缺什么就来找我，你们干这样的千秋功德大事，我没有什么理由不支持。"

说到这儿，彭老总指了指在场的黄克诚，对慕生忠说："军队的当家人就坐在这里，你需要的这些钱就由他最后定盘子了。"

黄克诚是总后勤部部长，他当即就批准了慕生忠的报告。

这件事办的就是这么利落，干脆。

1954年的这个夏天很不寻常。修筑青藏公路第二期工程可可西里至拉萨段的所需经费，很不费力地就在彭德怀的这间十分简朴的办公室里得以解决了。历史应该记住彭德怀的名字，还有他这间办公用的小屋子。

　　慕生忠走在回高原的路上。

　　这时，在可可西里，修路英雄们正以从来没有过的热情和激动，举行"双节"盛会。

　　双节？

　　1954年八一建军节；还有，从日喀则起程赴京参加第一届全国人民代表大会的班禅额尔德尼·确吉坚赞，这天要经过可可西里，从这里改骑马为坐汽车进北京。这是修筑青藏公路全体人员值得庆贺并深深幸福着的大喜日子，能不开心吗？

　　大清早，从西安、兰州、西宁特派而来的70多辆各种各样的小轿车和卡车，就碾过刚刚修好的，还喷散着修路人汗香的公路，整齐有序地摆放在了人造湖旁的临时停车场上，豁豁亮亮，格外壮观。因了这第一次走上高原的汽车，还因了满面春风的人，可可西里欢腾得像长上了翅膀。修路的全体人员这天停工迎贵客。中央西北局、西北行政委员会，以及陕西、甘肃、青海省人民政府派来的代表，也等候在草地上。最欢快雀跃的是那些从数百里外赶来的藏族、汉族、蒙古族、哈萨克族等各族同胞，他们穿着节日的民族服装，骑着牦牛、马、骆驼，相聚于可可西里。

　　当西藏军区副政委范明同志陪着班禅下了马，走到欢迎队伍中间时，双方都抑制不住满心的感动、喜悦，唱着藏歌献上哈达。长久地握手、鼓掌、欢呼。任启明走到班禅跟前，指着汽车说："班禅大师，党中央毛主席派车来接你了！"班禅忙说："感谢共产党！感谢毛主席！感谢筑路的英雄们！"

慕生忠马不停蹄地返回兰州。

当时，路修到了沱沱河。他急三火四地又驱车赶到了沱沱河。他做梦也没有想到，工地上的人们正热热闹闹地议论着同一件事：煤。

煤怎么啦？他不知道。

齐天然是在第一时间给他通报喜讯的人："政委，我们找到煤矿啦！"

慕生忠不会认为是自己的耳朵出了毛病，但是这个消息确实难以让他相信。煤矿？哪儿来的煤矿？我们修路与煤矿有什么干系？

齐天然的回答仍然是很认真的："我们在修路时碰上了煤！不，是煤碰上了我们！"

他还是半信半疑，疑问大于相信。

其他几个同志也这么对他说："政委，我们在修路时挖出了煤。可可西里有一块煤田。"

当慕生忠确信不疑地认为同志们讲给他的是真真切切的事实时，他便按捺不住心头的喜悦了。在这个四季都被冰雪覆盖的高原上，煤是温暖的信使，是希望的火苗。马上就要过冬了，他正发愁怎么挨过这个能把人鼻尖冻僵甚至冻掉的季节时，现在猛不乍地发现了煤，真是雪中送炭呀！他满心兴奋却又是深藏不露地说：

"是煤不是煤我亲眼见了才算数。走，带我去看看，如果不是煤我会收拾你们的！"

话虽这么说，但将军的心已经被煤占据得飞花扬波。他高兴。

他被大家簇拥着带到离工地不远的一个峡谷里。果然那里码着一堆乌黑闪亮的煤炭。那是冬天的火焰，春的目光。真实的东西突然出现时，慕生忠反而难以相信这真的就是煤。他让随行人员当场点火做试验，没错，那煤很容易就燃了起来。火力很旺，呼呼啦啦直蹿火苗。

慕生忠一直不错眼珠地瞅着那块煤燃烧，直到火焰消散在大气中，留下一片灰烬。他快乐得像个孩童，蹦跳了几次，又蹦跳了几次。多日来奔波的疲劳被他蹦得一干二净，他又像孩童似的以大获胜利的口吻说："我们有煤了！这个冬天不用烧牛粪了，不会挨冻了。"

煤贮存着雷霆，凝含着闪电，它一呐喊，青藏高原就会倒下一片黑暗。

遇事总要刨根追底的慕生忠，特地找到最先发现煤的民工王正为，他从小在兰州阿干镇煤矿上挖过煤，真是太凑巧，这次修路他又碰上了煤。慕生忠问："小伙子，你是有功之臣，我向你祝贺，也代表大家问候你。你给我讲讲这个煤矿是怎么找到你的？"

稚嫩的嘴唇边还留着茸毛的王正为在慕生忠面前还有点拘束，尤其对首长很不一般的问话不适应，他不问人是怎么找到煤，却反过来问煤怎么找到了人。在他终于咂摸出慕生忠这新鲜问话的韵味后，才回答慕生忠的问话。在讲发现煤的经过时，他一直低着头不敢正视他心目中这位很威严又很随和的将军——

那天，从早晨起来天就一直阴着脸，太阳不肯露面。他们修路修到了隆青吉布山区南部，总也是慢上坡的地形在这里陡然地凹了下去，形成了个盆状。并非人为，完全是天然形成。王正为因为那阴霾的天气心情很是不爽，但是当他的镐头刨挖出一堆又一堆与地面的颜色不甚相同的土质时，他又惊又喜。他再挖，还是泛着黑色的土渣，而且镐头探得越深，那土的颜色就越黑。他真的不知道自己遇到了什么邪门的事，也不敢预测将要发生的事会让他惊喜还是让他惧怕。他便怀着几分疑惑几分好奇，走了几步来到一条河沟里查看起来。天啊，他发现沟底淤积着一大堆被水冲下来的煤渣。煤！哪里来的煤？他站在沟底举目四顾。

在王正为决心打开这个秘密时，喷涌在他心里更多的是惊喜。他以一种力拔群山的劲头抢起镐头挖了起来。挖呀挖呀，约深入到两米处，乌黑的煤就像水花似的露出来了。王正为兴奋得把铁镐举过头顶，狂喊起来：

"有煤了！"

其实，就他一个人在场，他自己给自己高兴哩！

最先从王正为手中接过这份喜悦的是齐天然。王正为拉他来到"煤田"，请他检验、证实自己确实找到了煤。齐天然说，一点也没错，是煤。青藏高原有煤了，宝贝！天大的新闻！他对王正为说，拿张纸来，写上"此处有煤"几个字，告诉后面的同志，让他们也高兴高兴！

这时已经围上来了好几个人，有个同志提出，纸条太不结实了，吹一阵风就飞得无踪无影。于是，齐天然说，那咱们就用锹尖在地上刻下这四个字。他还提出由众人轮流刻写这四个字。众志成城，看它风如何刮得走！于是他先挥锹刻下"此"字，随后几个人又依次刻下"处有煤"。笔体各异，却显得结实苍劲，独具风韵。

这个地方山高风大，又出煤，几个年轻人一合计，说，我们干脆叫它火焰山吧。有煤就有火焰嘛。齐天然插话：什么火焰山，这不成西游记了！叫风火山吧，这儿有风有火，叫风火山最恰当不过。

从此，那个叫起来十分拗口的隆青吉布山就改名了。现在，人们只知道青藏高原有个风火山，谁还记得它原先的名字呢。

找到"煤田"前前后后的经过，慕生忠已经听明白了。他很满足，握起王正为的手，还是那句话："……你是有功之臣。有了煤这个冬天咱们就不受罪了！"

可以想象得出慕生忠这时候构建的美不可言的风景：用这些煤垒成太阳的大厦，它那黑色的灵感在青藏高原的冬夜里更加楚楚动人！

"继续修路！"慕生忠望了望云块垒叠的天空这样说。天还是那个老样子，阴着脸，老大的不高兴。很快，老天就飘起了雪花。迷途的荒原，被迷途的大雪掩埋。

看着他的队伍分散在各个施工点上忙碌起来后，慕生忠的眼里又凝固了无数闪亮的灵光。

自从修路进入隆青吉布山区后，就赶上了青藏高原的雨季。一天之中，雨雪冰雹轮番轰炸好几次，仿佛没有画上句号的意思。在这样的日子，修路队断了燃料是不足为奇的。一日三餐大家只得用冷水拌炒面，凑合着糊嘴。有人病倒了，当然再不能吃这样的饭了。慕生忠生生地下了一道命令：大家都献点爱心，想方设法为病号们做点热乎的饭，让他们的病早点见轻。想方设法，什么方？什么法？他没讲，很可能讲不出。反正智慧在群众中，大家总会有办法的。

果然，有人想出了招——其实那是一个不是办法的办法。他们把衬衣撕碎，拧成布绳，然后蘸着汽油生火。工地上汽油极缺，自然要十分"吝啬"地蘸。细火慢焰地好不容易才热了一小茶缸温水，给病人喝。

不想出现的事偏偏就在这时候发生。邓郁清也病倒了，感冒发烧，出冷汗，躺在帐篷里痛苦的呻吟声牵动着同志们的心。老邓是修路队学历最高的知识分子，用慕生忠的话说修路队的天由他撑着。现在他病了，首先揪着慕生忠的心，他让医生拿出最好的药为邓郁清治病。老邓每天三次吃药，哪有开水？衬衣已经不能再撕了。慕生忠有话：你们都成了光膀子还活命不活命？无奈，炊事员刘继尧只好把原先盛醋的木桶劈开，再加上从草滩捡来的一些牛粪，凑凑合合生起弱弱的火，烧开了水，给工程师喝，服药。邓郁清很快就知道了这开水的来由，拒绝喝下去。同志们求他：保重身体是第一。身体垮了，有天大的决心也白费蜡。邓郁清流泪了："我喝的是救命水呀！"

慕生忠来看望生病的邓郁清。他不问生病的事，却拿出一张字条说："发现了煤这是咱们修路队天大的喜事，我写了一首诗，请你批评指正。"邓郁清竟然忘了病痛，接过字条就看起来：

内部遍地乌金，
外表湖山秀丽。
今朝满目荒凉，
他日工业基地。

慕生忠生怕人家读不出诗味，又要过诗稿自个念读了一遍。这时帐篷里已经来了不少人，他们都听到了政委念他的诗。

邓郁清从地铺上坐了起来，说："政委，你在这一路上写了好几首诗，这一首仍然保持了你一贯的诗风——朴实，有高原特色。"

慕生忠说："我不听恭维的话，这些诗哪里值得你们劳心恭维。

不过它还是有点名堂的，你们是不是看出来了？我一高兴是给咱这煤矿起名字哩，名字就在诗里藏着，你们找找，看谁能找出来。"

在场的人兴趣十足地品读起了这首诗，找名字。有的说，我看出来了，准是"金湖"。金湖多好听，煤如金，又似湖；有的说，不，我觉得还是"遍山乌金"好，满山遍野都是煤；还有的说，叫什么都没有叫"今朝秀丽"更合适……慕生忠满心喜悦地听着大家的猜测，经同志们一说，他的诗里还藏着这么多"干货"。他实在没有想到自己随意凑起来的一首诗，引来了这么多美好的话题。这时他打断了大家的话，说：

"你们讲得都很好，很浪漫。我都同意。但是最后只能定一个名字，怎么办呢？给青藏高原的山山水水起地名，是经过彭老总批准给我的任务，我看还是我最后拍板吧。一锤定音，这煤矿就叫'乌丽'好了！"

大家欢呼称好。邓郁清也从地铺上站起来直拍手。乌丽，好！妙！用"乌"字比煤最恰当不过了。丽，出现在这荒野，既有一种诗意的美，又有一种质朴的韵。好！

慕生忠问邓郁清："你的病好了？"邓郁清回答："好了。你的一首诗治好了我的病。"慕生忠笑笑："好，我的目的达到了，这就叫精神疗法。我这一趟没有白来！"

邓郁清这才似乎明白了政委今天送诗的真正目的。他是醉翁之意不在酒呀！

事情就这么定了。"乌丽"成了这个盆地的名字。那煤矿自然就称乌丽煤矿了，从修路队抽调一个班，专门去挖煤。后来还建立了乌丽车站。大家开玩笑说，乌丽煤矿是从慕政委的诗里蹦出来的。

出了帐篷，慕生忠走向一个土坡，指着前方一排隐隐的山峦，问大家：

"你们知道那儿是什么地方？"

回答："早知道了，唐古拉山！"

"不，我是说唐古拉山下面，是什么地方？"

"不知道。"

"那是穆兰乌伦河。我们修路的下一个战斗就要在那里打响。"

说罢，他翻身上马，向着穆兰乌伦河而去。

在远方。在远方的群山中，一匹马像晴空划过急促的雨点在疾飞，像一团火焰在燃烧。

第十章

在工地过封斋节，特别而有意义。回族弟兄们把一个月的节期浓缩到一天之中度过。马珍带着回族兄弟来到工地一旁的山顶上，朝着家乡的方向作了虔诚的礼拜和祷告。

之后，按照慕生忠的安排，大家走进温泉泡了一个热热乎乎、清清爽爽的澡。慕生忠躺在温泉水里，觉得整个雨天就是浴室，躲在云层中的太阳就是喷头。真的好爽！

他无声，马也无声。

还不能称为路的路压着嗓子承受马蹄的任意敲打，路也无声。他有马不骑，默然地紧靠着马尾巴走。问题是，谁也没能从他的沉默里听清他此刻的心音。他需要先凝固，再奔腾吗？

他，慕生忠。

站住。他望着前方，有一顶帐篷悄然难防地出现于山坡下。草绿色军用帐篷。那是先遣队建立的霍霍西里站。

"走。进站，住下！"他果断地说。

"不是要赶往穆兰乌伦河吗？"通信员提醒他。出发前确实没有在霍霍西里停留的打算。

"进站，住一夜！"口气还是那么果断。谁说没打算停留？我只说过目的地是穆兰乌伦河，可没说中途就不歇脚的话。

通信员一个手势，马便很顺从地朝通往那帐篷的方向拐去。

仍然没有路，一切都显得异样陌生。马走得很艰难，逆风，飞沙，四蹄总是踏不稳当。慕生忠心疼马，走在前面给马开道。修路人是不是注定要走在没有路的地方？

慕生忠在去穆兰乌伦河的途中，确实要在必经之处霍霍西里这顶帐篷里留宿一夜。说必经是因为这儿有修路的工程队，虽然就是最让他放心的马珍带领的那支队伍，又转战到了这里，但他还是不能绕过去。马珍不可能没话对他讲，他也很想见见他。当然，霍霍西里美丽动心的自然风光也会留住他的目光和脚步。他说过炮火里征战几十年，错过了多少良辰美景。不是没有动心思，而是动了心思也是空空一场。今天，趁落脚霍霍西里歇息的机会，顺便欣赏一番这里旖旎的风光。

修路大军的气势正是霍霍西里涌动生命的潮海。一些生命在诞生，另一些生命因诞生而要离去。这样的时刻，慕生忠不能离开这个空间而招摇于生死之外。

霍霍西里是名副其实的神奇。

今天的可可西里，那时在地图上标的是"霍霍西里"，这四个字的旁边还画着一个特别明显的村镇符号。实际情况是，在修青藏公路的人们未到之前，这儿既无村更谈不上有镇。这个村镇符号是名不符实地代表着一片茫茫无边际的荒野。许是久待荒原的人向往炊烟，向往人畜杂嚷的和声，才异想天开地画了这么个符号。用多少年后慕生忠回顾往事时的话说，那是我们在设计一个村镇，先是村，后变成一个镇。如果连设计村镇的勇气都没有，创造生活从何谈起？

慕生忠一行在广袤的霍霍西里前行，嘚嘚嘚的马蹄声仿佛敲在遥远天边某个地方的石崖上，反弹回来，脆脆地响着。与慕生忠同行的是两个年轻娃娃，他们的名字叫牙耀明和马路力。这两人比修路大军先一步闯高原建立霍霍西里站，他俩立了汗马功劳。慕生忠抬高嗓门叫着两个年轻人的名字说："马路力，牙耀明，你俩是霍霍西里站的创始人，日后公路修通了，这儿变成繁华的小镇，你俩就一个当镇长一个当书记吧！那时可别忘了好好招待咱这些修路的弟兄们！"小马说："会的，不过那还不知是牛年马年的事呢！"

霍霍西里历来被人称作无人区的蛮荒野地，寂静得好像是地球之外的另一个世界。天和人挨得很近，头发梢擦着白云，天幕犹如一个偌大的帽子扣在脑袋上，随时要塌下来把他们整个地埋掉。时不时有一些来路不明的雨点落下来，淋湿了他们的衣服。慕生忠谈笑不止，说这个世界如果还有人，那就是我们这些修路人了。他还说，你们是不是有这样的感觉，脚和腿再也不是长在自个身上了，好像另外一个地方另外一些人的脚带着我们走路！马上有人接上去说，政委，真的，我的脚不是我的脚！大家听了哈哈大笑。他们就是这样惶惑、犹豫地走在霍霍西里。稍远处的山冈也像奔跑的马追赶着他们。

大地静悄悄，死寂。静得连太阳洒到地面的声音都听得到。为什么没有一声鸟叫呢？寂静是可怕的躁动。如果真有鸟叫，这寂静就会被啄破，也就找到了寂静的本身。

突然，牙耀明又惊又喜地喊道："快来看，野牦牛！"

所有的目光被他这声惊呼牵了过去。远处的草滩上有五六头牛，有的扎着头吃草，有的仰天吼叫，还有的卧着甩尾。离他们很远，离天边很近。

慕生忠分辨事物的能力在什么时候都是大家公认的。他反问一句："你们睁大眼窝再看看，不要把舅当了外甥，是野牦牛吗？"

牙耀明马上纠正了自己刚才的误断："不对，好像是家牦牛，有人放牧。"

马路力也看出了门道，说："牛背上还骑着人，两个人。要是野牦牛，谁找死呀，敢骑？"

慕生忠说："那是打猎的人。霍霍西里是'肉库'，除非傻瓜才不眼馋它美味可口的肉呢！"

总是不安分的热血青年牙耀明从来不按捺自己的激动，他没听慕生忠的招呼跑上了一个丘包，手卷喇叭筒扯长嗓子喊道：

"阿噜（'喂'的意思）!"

糟啦，这一喊那两个骑在牦牛背上的人打了一个长长的口哨，牦牛撂开蹄子就朝山沟奔跑。

慕生忠说："我们在高原上修路，不管刮风下雪，或是白天黑夜，睁开眼睛看到的就是我们自己这些熟悉的面孔。当然我们永远都不会腻烦自己和自己的同志，甚至有一日如果看不到其中的一个，我们就会觉得这个社会一下子缺失了一大块。真的，大家会有这样的感觉。"慕生忠说到这儿，望了望还在往远处逃跑的那两个骑牦牛的人，说，"我们毕竟是在为这个社会干一件大事情，我们需要结识更多的人，人多了我们的热情我们的力量才会更好更多地发挥出来。今天，我们好不容易遇上了两个牧民，应该让他们知道这条路快修起来了，让他们明白修这样一条路有许多他们想象不到的困难。还不赶快留住他们做个伴。我们是为他们修路的，我们也需要他们和我们为修路一起做些事情！"

牙耀明和马路力紧追不放过。一个跑在前面，一个随后紧跟。没想到这么一追误会更大了，两个牧民把驮在牦牛背上的东西掀掉不要了，拼命地跑。

慕生忠喊住了那两个挨刀子的愣娃："笨蛋，死鸭子也会让你们追得飞了。把手里的家伙放下，有一个人上去就行了。告诉对方，我们是修路的解放军！"

马路力单身空手上前，用不太熟练的藏语喊道："我们是修公路的，藏汉是一家人！"

马路力反复喊着这样的话，慕生忠生气地说："你的脑子就一根筋，不能说别的话让他们听听。"

马路力这才开窍似的说了些我们是毛主席派来的为藏族同胞谋幸福之类的话。两个猎人放慢了脚步，其中一个人停下，接着另一个也停下了。他们都背着权子枪，果然是猎人。最先停下的那个猎人扬着双手朝马路力走来，双方相会，保持着三五步的距离。

慕生忠这时也走了过来。

对话。牙耀明很不流利的藏话只能使双方对于对方的谈话明白个大概意思。

两个牧人开始不相信他们遇到的是解放军。霍霍西里虽然属于无人区，但是恶人坏人拦路抢劫的事时有发生。马路力再三解释后，对方固拗的认识似乎才有所改变。一个猎人用手指着自己的下巴伸手向马路力索要什么。慕生忠看得出对方有了一点松动，但不明白他要干什么，便让牙耀明探问究竟。牙耀明终于弄清楚了，那是向他们要毛主席相片，意思是说："毛主席下颏上有痣。"

慕生忠提醒牙耀明，你们不是带有日记本吗？本本的第一页就是毛主席相片，撕下来送给他们。

这一温暖的动作，一下子拉近了双方的距离。慕生忠竖起拇指给对方。

牙耀明和马路力各自撕下自己日记本上的毛主席像递了上去。两个牧民赶紧在皮袄上擦干净双手，接过了毛主席相片，贴在前额上。他们指指自己的胸膛，又指指慕生忠他们的胸膛，再把两个拳头紧紧地握在一起，意思是说，咱们原来是一家人，刚才误会了。

雪化了，冰消了，他们和我们要去的是同一个地方，终于到达。

慕生忠带着两个藏族猎人回霍霍西里站。他对牧民说，你们已经出来好些日子了吧，野天野地的很辛苦。今天我们的站里可以作为你们的家，歇口气，吃顿饭。两个牧民很是感动，让慕生忠骑上牦牛赶路。慕生忠忙摆摆手说，我可不行，牦牛见我骑它肯定会尥蹄子的，弄不好还会被牦牛骑上。我享受不了那种待遇，还是坐"11号"吧。这个，咱行。他说着拍拍自己的两条腿，牧民明白了，大笑。

两个牧民在霍霍西里站暂住，慕生忠和他们愉快地交谈起来。藏族翻译在场。

两位不速之客是300里外青海省曲麻莱县的牧民，为求生计，他们千辛万苦跋涉到霍霍西里狩猎。这里丰盈的野生动物资源，每天都会让他们能有百十斤的新鲜收获，等到足够五头牦牛驮载的野生动物肉到手后，他们才返回家乡。一般的猎户一年只能出门一次来霍霍西里狩猎，只有那些身体强悍的猎人一年能跑两次。他们的腿跑瘦了，脸晒黑了，脖子饿长了。为了一家老少的生活，所有的苦涩都心甘情愿地咽下去。

慕生忠听得心酸痛，他问："来这儿打猎的牧民多吗？"

一位猎人答："很少。只要日子凑合着能往前掀着过，没人愿意丈量这么长的路受罪。"

稍停，那人又说，"我们听说内地的人被苦日子逼得没有出路时就走西口。曲麻莱的藏家人也是被逼到霍霍西里来的，有的人走一回霍霍西里把命都搭上了！"

"搭命？为什么？"

原来在很早的年代，霍霍西里曾经零零散散地留住过一些过路的藏族和蒙古族牧民，他们多是靠打猎过日子，也捎带着放牧。打猎就那么容易吗？放牧也不会轻松。心里装满忧伤的流浪人是最脆弱的，也许在一场风雪中永远倒下，也许被一群野狼吞噬。想象不到的灾难还有呢。这些游荡不定的牧民清清楚楚记得霍霍西里上空乌云翻滚的那一天，来了国民党马步芳的队伍。从此，这个原本就不安宁的荒原变得更躁乱了。老百姓受蹂躏，官家兵勒索钱财打死牧人从不问罪。他们敲掉你的门牙，还说是你的脑袋没长好，要你去修理脑壳。就这个世道这么折腾了几年，原本稀稀落落的不多人家死的死，逃的逃，霍霍西里变成了无人区。今日，你在这里想见个人，比见一头野牦牛还难呀！

慕生忠听得认真，入神。他的两只眼睛一直望着两个牧民身后的那座山下，给人的感觉是他要望穿那里并不太多的一片黑暗，让他们身边的天渐渐亮起来。他对牧民说：

"现在解放了，霍霍西里的天亮了，欺侮牧民的马步芳的队伍再也回不来了。眼下，解放军正带着民工修青藏公路，牧民过安宁日子的年景很快就到来了。你们安心放牧，打猎，霍霍西里是老百姓自己的天地。"

两位牧民给慕生忠献上了哈达。这条从家里带来的哈达一直藏在他们藏袍内的口袋里，遇不上可亲可敬的人他们宁愿再带回家乡。那是永远也不会轻易露面的藏家最珍重的礼物。

牧民在霍霍西里站住了三天，每天都用他们的猎物为修路人改善生活。这是大家的日子过得最有滋有味的三天。四天头上，牧民就提出要回家，说是家中老少等着他们打猎挣钱糊口呢。慕生忠说："是呀，谁能不想家呢，何况家中的妻室儿女还等米下锅。记住和我们相处的这些日子吧，说不定公路修好了，我会到曲麻莱走一趟，那时你可不要见了我们头一拧不认这个患过难的修路朋友！"那牧民忙说："看首长说的，只要首长不嫌牧民穷，我们会争着轮着请你们到家里做客。"

慕生忠送走两个牧民，还没来得及歇口气，就端起酒壶正要喝时，门里走进来马珍，他撞了一鼻子酒味。

"政委，一个人喝闷酒有啥味道，我陪你来了！"

"算你马珍没有福气，酒壶里剩下的酒就够抿一口了，有我在就没你的份了。你说吧，是你喝还是我干掉它！"

说着，他根本不等马珍回话，就端起酒壶一仰脖子，倒进了嘴里。

马珍笑笑说："我就是吃了豹子胆也不敢夺政委的酒呀。这样吧，前面有两户游牧的牧民，我设法给你弄点青稞酒来。"

慕生忠不接这话茬，却说："马珍，你今个儿急急慌慌地跑来找我，不会就是来给我弄青稞酒的吧！快快说，是修路遇到了什么困难吧！"

马珍说："哪里，只要困难困不死我马珍，只要我的腿还能迈动，我的嘴还能说话，就不会给政委撂挑子，也不会在你面前诉苦。是这样的，我另外有一件事来给政委汇报。本来不想麻烦你了，自己做主解决得了。后来思来想去，还是要请示一下你为好。"

慕生忠说："你这个马珍什么时候也学会拐弯抹角地耍嘴皮子了。瞧你这个啰啰唆唆的熊样子，还不赶快说说，到底有什么事！"

原来，从这天开始是伊斯兰教的封斋期，按回族不可更改的风俗，封斋期一个月内白昼不能进食。马珍的工程队里有百分之七十多的人是回族，封斋期白昼不吃饭，天啦，怎么干活？这么大的事情理所当然要给政委汇报。

讲完这个情况后，马珍说："修路与封斋节撞了车，从大道理上讲，谁个大谁个小，我们心里清楚。可是，具体处理起来，还有难度。所以，特地来向政委请示……"

慕生忠打断马珍的话，说："姓马的，你听着，修路的回族兄弟主要集中在你的队里，你自己不想办法反而来向我老汉讨要办法。现在我就是先要听听你的想法。"

马珍故作为难地说："我如果有办法，就不来找你汇报了！"

慕生忠说："马珍，你少来这一套。如果马珍办事没有想法就不是马珍了，快把你的打算说出来！这回破个例，我听你的。"

谁都会佩服慕生忠对部属了如指掌。马珍笑了笑，这才一五一十地讲出了实话："好，首长算是把我摸透了。我们是先斩后奏，现在就给您汇报我们对如何度过封斋节的打算。我们队里几个头头已经和全体回族弟兄商量过了，大家一致的认识是，一个月的封斋期如果白昼不进食，势必会影响施工。平时可以这样过节，眼下万万不可取。所以，我们最后商量的结果是，今年的封斋节就破个常规，不必要一个月禁食。修好青藏公路是头等大事，用实际行动修路，就是热爱我们的伊斯兰教。"

慕生忠接上去说："公路要修，还要快修。过封斋节的习俗也要遵守，而且一定要遵守！在这一点上，不能顾及这一面而舍掉另一面。我看这样吧，咱们放三天假，事不离三嘛，也算个吉祥数字。这样既让大家过了自己的节日，又没有更多地影响施工，这也是两全其美的事！"

马珍说："我代表全体回族弟兄感谢政委的关心。但是，不过封斋节这是我们回族弟兄们的一致意见，怕是不好改变了。"

慕生忠说："什么不好改变了，你回去做做大家的工作嘛，他们会同意的。"

马珍拗不过慕生忠，只好返回队里传达政委的意见。这一回算慕生忠错估了形势，绝大多数回族同志还是坚持要用修路的实际行动过节。慕生忠看到难以改变大家的既定安排了，就果断地提议，举行一次礼拜，作为封斋节的仪式。大家很痛快地同意了，人人拍手称好。

那一天，慕生忠再没有跟任何人商量，就特地批准给回族民工放假一天。他说，我们把一个月的事放在一天做完，这是为了修公路，为了给西藏人民送去党中央的关怀。我向各位弟兄们鞠躬作揖了！

之后，由马珍带着大家来到工地一旁的山顶上，按照伊斯兰教的习俗，面向西南作了虔诚的礼拜和祷告。

几个修路队的其他民族的同志提出，为了祝贺回族佳节，他们加班加点，把回族弟兄们的误工补上。修路总队这一天为施工队的回族同志送去了一头牛，让他们过一个丰盛的节日。没想到的是，回族同志宰了牛做好了饭菜，却不愿单独吃，一定要全队所有同志一起吃。兄弟民族的同志再三推辞也无济于事，最后只好共进晚餐。他们感激万分地说，我们也跟着回族同志过了一次难忘的节日，今天吃的是民族团结饭！

举行完礼拜仪式从山顶下来，马珍就兴致勃勃地带着弟兄们回到工地干活。走在半路上被慕生忠拦住了：

"马珍，你想干什么去？"

"到工地修路呀！"

"简直是乱弹琴！不是说好放一天假吗？别胡来，说休息一天就是一天，不要加班。我可是说话算数！"

"政委，仪式已经举行完了，弟兄们都很满意，情绪很高。闲待在帐篷里怪难受的，心又慌手又痒，闲不住！"

"谁让你们闲待着？我早就安排好了，到温泉去洗澡。让同志们好好泡个温泉澡，痛快痛快！"

马珍听了一笑，不以为然地说："洗什么澡，整天泥头土脸的，洗了还不马上又变成了泥猴！"

慕生忠打断了他的话："胡说！洗得干干净净的才能把活干好。"

离工地不远的山里，有一处温泉，日夜不息地冒着腾腾热气。那热气像一双双柔软多情的手臂，捧着从地心深处采来的热烈的微笑，喷涌而出。

回族同志们带上脸盆，提着洗漱袋，一个个像快乐的小鹿，颠跑着来到温泉边。这里真是冰雪世界里的另一个天地。人还未靠近泉水，温和湿润的风就扑面而来。蹲在软软、柔柔、暖暖的水里，你才会感觉到或者看到，水并不是从一个泉眼冒出来，而是许多细细的石缝间都在往外涌着水。水周围长着一片片青绿色的草茸，还有一些赭石色的碎花在水波之上的微风中摇曳着。谁做梦也没有想到，在高原上还会有这么一个美丽温柔的地方。同志们钻进温泉里，久久地泡着，闭上眼睛尽情地泡，仿佛整个身体与水融为一体，浑身舒爽，满心幸福！

大家洗完澡回到霍霍西里站，一个个显得新头净脸，眉清目秀，好像换了一个人。马珍对慕生忠说："今天这个封斋节过得太有意思了，一辈子都不会忘记。"

慕生忠含笑而答："最有意义的事你还没有进行呢，等着吧！"

马珍不解，问："按你的指示，该做的事都做了，做礼拜，洗温泉澡，还有什么事没做？"

慕生忠说："温泉里最热的水可以把鸡蛋煮熟，你试验过了吗？"

马珍傻笑："还煮鸡蛋呢，已经快半年了连鸡蛋皮都没见到！"

慕生忠不吭声了，若有所思。他很后悔，不该提这个话头。其实他也一样，有半年没吃鸡蛋了，干吗偏提这事，是馋的了吧！

许久，慕生忠起身。他甩了一声马鞭，偌大个霍霍西里瞬间便缩成一个马鞍。之后，他只身出门，朝温泉走去。他也该泡泡温泉了。

他钻进了温泉，这些天来，高原上的风把他浑身的肉吹得又酸又痒又痛。此刻，温泉水一泡他感到酥酥的舒爽。

天，不知什么时候下起了小雨，还夹带着雪粒。他躺在温泉水里，觉得整个雨天就是浴室，这么大的浴室。躲在云层中的太阳就是喷头。太阳雨，淋浴。真好！洗着洗着，他竟然自己编词唱起了陕北信天游——

　　　　清冽冽的泉水蓝格茵茵的天，
　　　　我慕生忠泡澡在雪山下面……

第十一章

修路大军被窝在了沱沱河岸。

慕生忠拿出一壶烧酒，仰头就灌了半肚子。大家当然明白他要干什么，但谁也不说话。他冲着人群吼了一声："拿绳子来！"

他接过绳子，三绑六缠地扎在自己的腰间……

穆兰乌伦河是长江源头一条很重要的河流。它是长江的儿子，咸咸淡淡，苦苦甜甜，几千年来一直静静地流淌着……一般人说的江河源指的就是它。只是，今天它已改名为沱沱河了。

穆兰乌伦河的别样之处实在特别。河床约莫两千米宽，流淌着十多条大大小小、深浅不一的河溪，远远望去很像一条条绳索捆绑着河床。遍地漫流，毫无规则，时有土坎、小岛露出水面。如何让公路从这十多条河流中穿过去，实在不是一件容易的事。数百人的修路大军在岸上观望了快十天，还没有找到什么好办法。人们发愁、怨恨，更多的是焦虑。"我们被套在这个鬼地方了，干脆把这条要命的河叫'套套河'吧！"

后来好长一段时间，套套河这个名字都被人叫着，一直到后来大家顺着这谐音改名沱沱河。

这时正逢一年一度的洪水发狂的季节。河面几乎加宽了一倍，一川浊流，浪卷波飞。本来离河岸二三百米的荒草滩，这时变成了河心岛。河浪很大，越来越大，有时竟然不可一世地高高蹦起直挺挺地站立在河里。修路队几次派人下河探水，均宣告失败。河水过深导致了探水失败，但这不是唯一的原因。还有河底净是虚软的泥沙，人一下去水就没了大腿。那浪那泥沙都很锋利，人一挨上就受伤。没法过河，就不能修路，他们只得在河边安营扎寨。等待。

等待，初升的太阳也会变得陈旧。

等待，春天的早晨也会有来路不明的雨。

修路人的目光望穿河浪，射到了前方。

风载着移动的马蹄，雨托起轻捷的脚步，慕生忠来了。他急三火四地赶到了"套套河"。

他以为公路早就伸过了江河源，没想到人马全在北岸窝着。如果他不发急也不发火，那就不是慕生忠了。他出口就骂人：

"你们像电杆一样栽在岸上路就修成了？一个个都是些没用的货！"

没有人马上解释，他是不容许人犟嘴的。

只见他让人拿出一壶烧酒，仰头就灌了半肚子。大家当然明白他要干什么了，但谁也不说话。他冲着人群吼了一声：

"拿绳子来！"

他接过绳子，三绑六缠地扎在自己的腰间，叫岸上的人牵着绳子的另一头，正要下河时，有人喊住了：

"慢一点走，政委！"

张震寰站在岸上，脱着衣服。

慕生忠脱下皮袄，扔给张震寰，说："你叫喊什么，赶快过来帮我一把。年轻轻的，你先过河！"

张震寰扑进河里，和慕生忠站在了一起。两根绳子牵着两个人，向河心走着。扑面而来的河浪像软墙一样迎面拥着，根本迈不动步子。水太大，又冰凉，慕生忠感到腿肚子扭着劲地在抽筋。他问张震寰："你呢，腿肚子正常吗？"张答："不行！后面转到前面去了。好难受！"

他们不得不上了岸。一对湿淋淋的落汤鸡。张震寰问咋办，慕生忠说，你说咋办？除了探路还有什么办法！他边解着腰里的绳子，边对施工队的人说，骑上马探路，我就不信探不出一条浅水线！

探水队很快就组织起来了，三个人：王德武、张永福、李景民。清一色的壮小伙，铁塔般的身体像三头牦牛。慕生忠一一叮嘱他们："小伙子，拿出吃奶的劲儿，下牛劲也要探出一块浅水区。你们瞅瞅，这么多人站在岸上等着修路呢。还有，拉萨、日喀则、亚东、昌都……西藏有多少人眼巴巴地看着我们修路！急事急办！"

三匹马驮着三个人，慢慢地向河心走去。走到河水的主流处了，水漫上了马肚子。马发毛，嘶叫着，乱扑腾起来。马背上的人慌乱了，满眼是奔腾旋转的浑水，那水像从他们身体的某个部位喷出来，又似乎喷回了他们的体内。很快他们就头晕目眩，失去了方向。张永福惊叫一声，便连人带马掉进了河里。慕生忠在岸上大声喊着："小张，抓牢马鬃，千万不要松手！"马毕竟力气大，挣扎着起身，张永福死抓着马鬃不放，才从河里翻身上来。

三匹马三个人站在河里，再不敢往前走了。马的喘息已熄了火，人的意志也磨出了血。

怎么办？骑马也过不了河。

慕生忠说，那就骑骆驼再试一把。还是由你们三个人去完成任务。

骆驼比马走得慢，它稳当，敦实，有耐力。它们驮着三个人慢慢腾腾地挪步前行。水越来越深，走到河中心时，骆驼只能伸长脖子把头露出水面。骑在驼背上的人心急发慌，不住地在它们的屁股上用手拍打着，要快点走过深水处。谁知骆驼照旧慢慢腾腾地磨蹭着挪步。河床上净是流沙，一踩上去就往下陷。骆驼在河里东倒西歪地直打趔趄，几乎要把驼背上的人翻下河去。慕生忠在岸上给他们鼓劲："坚持住，扒紧驼峰。"幸好，河水再没有深下去，只要人不被淹，慢就慢点走。政委说得好，扒牢驼峰就行。

骆驼总算勉强地过了河。

慕生忠在岸上沉思，满脸是欲说还休的沉静。能感觉得到也看得出来，他要重新组装和调试修路的机器。

看来在气势凶猛的穆兰乌伦河里很难找到一条浅水线，即使找到了，水也不会太浅。还得想别的办法。慕生忠让大家动动脑筋，另出新招。

"我们不能被套在这里，公路必须过河！"

他说这话，斩钉截铁。与其说是讲给大家听，还不如说是倒逼自己。

公路到底怎么过河？

有人颇有点城府地咬文嚼字："说一千道一万，不外乎两种办法，一是修起一座大桥，二是等冬天河水变小结了冰再修路。"显然这个人还要继续斯文下去，却被慕生忠毫不留情地打断了："你这话等于没说，屁话，馊主意！修桥？我们如果有修桥的材料还用得着你在这儿不痛不痒地磨牙？等到冬天？这更是笑话了，我在格尔木动员修路时，明明白白讲了，要早修快修青藏公路，必须在年底之前完工。你等到冬天才修桥黄花菜都凉了！我就见不得你这种卖关子说风凉话的人。"

慕生忠的话把大家噎住了。好长一段时间没有人说话。大家沉默着。修路人的身子留在原地，思想却在前行。

穆兰乌伦河在流，一些水跑着，另一些水追着，满河浪卷着浪……

形势和任务逼着他们最终想出了办法：导水分流。

这主意是张炳武最先提出来的，几个人跟上一附和，慕生忠拍板，成了。修路队队长张炳武是甘肃人，上过几年学，脑子很灵。慕生忠夸他是个"知识分子"。

张炳武解释着他的"导水分流"：

在河的上游，顺着水流的方向筑起一段一段的堤堰，把河水的一条主流分割成好多条支流，使河幅尽量加宽，水势减缓。这样分而治之，就容易驯服河水了。

张炳武用极其简要的话概括了他的发言：先修堤再铺路。

慕生忠说："这叫分段包剿，各个击破！"军人就是不忘打仗，任何事情都可以提到战术上去认识。

修堤堰的基本材料是石头。可是河边并无石头，他们只能跑上七八里路去背。这项工程大约用了2000立方石头，全是从人的肩膀上运来的。肩膀，一条肌肉的传送带！没有公路，它就是公路；

没有卡车，它就是载千斤运万吨的卡车。

起起伏伏的夯声，是石头在互相碰撞。

跟扛石头可以较劲儿甚至劳动强度大于扛石头的活儿是垒坝。首先人必须将石头搬到深水处，然后站在或齐腰或齐胸的水里垒坝。这个季节，高原上的河水已经漂浮着一层大小不一的冰屑，水渗凉的刺骨。每天总有那么几个小时天准会下着毛毛细雨飘着絮絮冷雪，雨夹雪。在河里干活的人受不了这不是雪也不是雨的雨雪交加残酷袭击。人在水里待的时间一长就难以承受。最怕的还是浪头，它总是防不胜防地扑过来，谁的脚下稍有不稳，准会遭殃。轻者打个趔趄吓你一身冷汗，重者则连人带石头滚倒在河里。呛你一嘴一耳一鼻的泥水那是饶了你，弄不好被呛得淹死在水里。悬乎得吓人，危险得要命，这活还干不干？当然干！咬着牙，不吭声，豁出命来干。就一个办法：忍耐！

女人爱唱歌，男人不吭声，他们就知道干活，闷头憋着劲干活。这是最高境界。

没有声音才是最洪亮的声音。

民工赵怀吉是个汉子，总是挑最大个的石头往自己肩上放，别人劝阻时他的理由让劝阻的人无话可说。他说，我力气大，吃的饭比别人多，自然就要比别人多洒点汗水。照旧，最大的石头搁在他肩头。终于出现了大家预料中的事：赵怀吉的肩膀被石头咬得发肿了，鞋子也磨破了——重量放在肩上，脚下怎能不使出死劲？他索性摔掉鞋赤着脚来回跑。他身上的汗水、河水和雨水搅和在一起，成了泥人，水人，汗人！好个赵怀吉，泥呀水呀汗呀算什么，你才是真正的铁人，钢人！

赵怀吉被慕生忠碰上了，他显然已经预感到自己这副狼狈劲会受到他的斥责，便慌忙扭身想躲开。不料，身子扭得太急太猛，脚下没站稳，滑倒了。肩上的石头滚到了河里，幸好没有砸着人。

本来想发火的慕生忠一看这场面，火气就喷不出来了，只是心肠软软地说："小赵，你是何苦来着？都让你把石头背了，其他人干什么！你瞧你浑身上下全是水，像刚从河里捞上来的一样。记住，要使劲，但也要攒些劲，我们要做的工作还很多很多。你不爱惜自个儿的身体，我心疼，大伙儿都心疼！"

慕生忠把队长张炳武叫来，吩咐道："我告诉你，你要监督好，大石头一定要两个人抬。让大家都要悠着劲干活，安全第一。"

就在他说这番话时，有个小青年扛着石头下到了河里。慕生忠认识这青年，叫鲜大武，是个回族。工地上吵声太大，他高喉咙大嗓门地对大武说：

"年轻人，在凉水里干活太冷，实在撑不住了就喝口酒。千万别亏了身体！"

大武说："烧酒准备着呢，没问题！"

鲜大武已经在河水里泡了两个小时，冻得发紫闪亮的肩膀露在水面，像两块青石。他还没有上岸的意思。按规定30分钟就换班，大家轮流着下水。他不上岸自有一套理由：上来下去太麻烦，耽误了时间是最可惜的。既然下水了就坚持着多干一会儿活，反正冻不死人。

慕生忠不认鲜大武这个歪理，驳他："你这叫放了个没响的屁，有啥用！等到人都冻死了，再换班，还有谁干活？"

话虽这么说，他并没有强迫鲜大武上岸。说罢就走了。鲜大武仍泡在河里干活。这时他身上开始变冷，越来越冷，彻骨的冷。甚至冷出了一种声音，那是骨头冻极了后在响吗？他不知道。很快，凭感觉他就知道感冒了。又在水里待了一会儿，他实在吃不消这渗心入肺的冷气冷水了，才上了岸。他抱着脚取暖，又把手指嗡在嘴里咬了一会儿，然后往腿上擦了点酥油，酥油是原先准备好的。藏族冬天出牧总是在脸上擦上酥油，油光闪亮，防寒，保暖。他又原地跑起来，动一动就暖和了。他正准备再次下水时，又碰见折身转回的慕生忠，喊他，那声音仍然像喇叭一样亮：

"大武，你刚才在腿上搓搓揉揉的，搞什么鬼名堂？"

什么事也别想瞒过慕生忠那双眼睛。鲜大武笑笑，告诉了他一切。

慕生忠听罢直叫好，说："我看这办法行，让大家都把带的酥油翻腾出来，给下到河里作业的同志擦擦身子。眼下保护好身体是第一重要的事情。这修路的任务要靠大家干，谁也不许冻坏。大武，快去宣传你的妙招！"

大家照慕生忠说的办了。可是能有多少酥油？杯水车薪，意思意思罢了！

堤坝堰总算垒起来了。从修路人肩膀上流淌而来的 2000 立方石头，在河道里垒起了一道道"墙"。河水被这些墙分割开来，变小了。接下来就该铺路了。

铺什么样的路，怎么铺？

工兵连副连长王鸿恩已经胸有成竹了。他和几个战士一起琢磨出了一个办法，他们称之为"装袋沉石筑路法"。具体做法是，把装满石头的麻袋沉入河底，一层一层地铺开，这样就成了水底路面。这不是在楚玛尔河修路时采用的那一套吗？

王鸿恩说，老原理，新措施。就地取材，花样翻新。

他说这话时颇显无奈。真的，这还是他搜肠刮肚想出来的。实在没有办法！

其实，穆兰乌伦河绝不是楚玛尔河，它水面宽，水流急，修路的难度太大了。这一条水下公路修得好疲累人。

麻袋里的石头，必须在岸上装好。一麻袋石头重500多斤甚至更多，越重越好，要不会被河水冲走的。可是，怎么放到河里去？

羊皮筏子派上了用场。

已经有了两次跋涉青藏高原经历的慕生忠，对这次修路的准备工作竭尽所能做得细致了再细致。高原上那些大河的浪窝早就旋转在他的胸间了，他们在兰州购买的十多只羊皮筏子就是专门对付那些惊涛骇浪的。羊皮筏是古代至近代甘肃黄河上游水上的主要交通运输工具。《宋史·王延德传》记载："以羊皮为囊，吹气实之浮于水。"其实，在现实的皮筏制作原料上，除了羊皮外，还有牛皮。但是习惯上人们统称羊皮筏。

马占元的主意得到大家的认同：羊皮筏子载着麻袋，岸上有人用四根绳子牵着，将筏子放到河水里。一个麻袋下水很容易被水冲得到处移动，很难停放在既定的位置上。他们就用绳子将三个或五个麻袋串在一起再投放，河水就冲不动了。麻袋停落在一起这还不算完成任务，只有把落水的麻袋铺成水下公路，这才达到了最终目的。

水下作业才是最繁重最危险的活儿。

丁成山、傅天德等十多个同志主动请缨，钻到水下去作业。他们甩掉棉衣，扑通扑通地跳进了河心。危险随时可能发生。为此，每个人的腰里都拴了根绳子，作用有二，一是万一有个三长两短的意外就可以把他们拽上来。二是沉下水的人每工作十来分钟就被岸上的人拉出水面换上几口气，穿上皮大衣暖暖身体，或者灌几口烧酒冲冲身上的邪寒。烧酒是慕生忠给大家准备的，数量不多，可总是喝不完。谁舍得喝呢？政委说了，我们在高原施工怎么会离开烧酒呢？他是每天必喝几盅的，现在只有割爱转让，虽是心甘情愿却有点恋恋不舍地把烧酒送给下河工作的同志们。他呢，想喝酒时，自己抽自己一个嘴巴，嘴就老实了！这是他发明的戒酒办法。

一个嗜酒如命总想活在时间之外的人，现在不得不受到条件的约束。慕生忠！

乐观、豁达，豁出命也要完成使命，是这些修路者永远无法改变的性格。当卷着寒冰残雪的河水浸渗得他们很不自在时，他们却嘻嘻哈哈地称自己这样赤膊露胸的工作是"一队光屁股潜水兵"。光屁股潜水兵，共和国军史上的新兵种！他们就是这样简单而又让人满心渴念的人。

"潜水兵"扑进穆兰乌伦河里后，每时每刻都在和凶猛无情的洪水及寒冷搏斗，再搏斗。有时他们是扬眉吐气的胜者，有时却是惨不忍睹的败将。一次，羊皮筏子翻了，是洪水打翻还是扯牵绳子的人拽翻的，反正是翻了，翻了个底儿朝天。当时眼看一簸大浪打来，打向羊皮筏，这时岸上的人忙拽着筏子想让它脱离危险。就在这一瞬间筏子翻了，谁能说得清是怎么翻的？筏子是怎么翻的可以暂且不管，最要命的是两个正在水下作业的人被羊皮筏子压在了水中。岸上的人手忙脚乱地费劲拉着绳子，也没有把筏子拉起来。底下还压着人，时间一长人还能活命吗？有的同志急得哭了起来，放声大哭。

慕生忠闻讯赶来。他拉下脸教训这些哭天抹泪的没出息的人："如果眼泪能把沉在水底的同志漂上来，我就陪着你们一起哭。瞧你们一个个这熊样，自己该干什么都忘了！"他转过身对王鸿恩说："你是连长，这时候还不赶紧指派几个棒小伙子下水救人，傻愣着干什么！"其实还没等王鸿恩发话，就有五个战士站出来，下到了河里。世上的许多平庸和神奇往往产生在一瞬间，让人始料不及。五个战士根本不用别人喊着号子让他们一同使劲，或者说王鸿恩还来不及调动他们潜在的力气，只见五副肩膀头硬生生地把羊皮筏子顶了起来。两个民工得救。天有多高，地有多厚？用不着找答案。这个时刻这五个兵就是天就是地。

水下修路的工程热火朝天。数百张面容是辽阔水面上的浪花，奔跳着的不甘示弱的浪花。心是热的，水是冷的。直到灼热，直到冷寂，直到水里的冰碴、雪粒浸入他们的肉体，直到他们把内心的爱、幸福、悲伤……全部融化进穆兰乌伦河里！

就是这样，他们在水里泡了45天，穆兰乌伦河的水下桥才修好。45天，一个半月的时间！水里冰里雪里的一个半月呀！这时同志们的腿都冻得肿胀，跟发面饼似的。只是发面饼是白的，他们的腿却青而又红。事后，战士李发春向一位前来采访的记者很逼真地讲起了他的腿在河水里的"三变化"——

"我还清清楚楚记得第一天我下到河里令人胆战心惊的情景。那些横冲直撞的冰块张着大口很像魔鬼，它明明冲我而来要吞掉我。我怕，赶紧退让三步，躲开了。可是，躲不是办法呀。我是要干活的。再说你也无法躲开，我们就是要在水里浪里修路。我顾不得那么多了，索性不去看那些龇牙咧嘴的冰块了，我扛我的石头我修我的路，你龇你的牙你咧你的嘴。我在冰冷刺心的水里工作了不到半个小时，腿就失去了知觉。也怪，这腿一失去知觉，手跟着也麻木了，什么东西都攥不住了。我只好上岸，出了水一看，这才知道两条腿像穿上了紫色的长筒袜子。休息了一会儿，觉得身上轻松了点，再下水。腿当然还是紫色的，只是由于浸泡在水里看不见了。眼不见心不烦，身上也不觉冷了。干了一天活，身上彻底垮了，夜里睡下后，浑身上下痛得没一块轻松的地方，整夜里痛。睡不着了，我不住地用手搓，稍微好受一点。过了不一会儿，还是痛。不去管它了，强迫自己睡觉，明天还要干活；以后天天在水里泡着，痛倒是没那么厉害了，可是一看两腿，吓死人了。两条腿就像两个大茄子一样变成了酱紫色，用手一压就是一个坑，这坑久久地反弹不上来；再过几天，腿上开始脱皮，皮一脱就泛起了红斑，有多少红斑就有多少血口子,血一滴一滴地向外渗着。我还得坚持下水工作,修路不能停呀！每次我从水中出来，两条腿就像青钢松树一样。只要腿还长在自己身上，就得修路。所有的痛苦都在牙缝里咬着，直到 45 天后完成在河里修路的任务，牙缝里还咬着半拉剩下的痛。"

这种无可奈何的遭遇当然不是李发春一个人了。在穆兰乌伦河里修路的二三百人的身上都轻重不同地留下了这样的"伤痕"，这伤痕对有些人很可能成了一生中永久的留念。

公路通过穆兰乌伦河的那天，所有参加修路的人都有个感觉，原来凶猛狂乱的河水，因了这条公路穿河而过，变得驯服了。水流缓缓的，很有柔情味。慕生忠站在水中的公路上，水漫上了他的腿肚，他对大家说：

"不是有人把这河叫套套河吗？它套住了我们吗？没有嘛！我们倒是把它套住让它乖乖地听我们的指挥了。我看我们就给它改名吧，顺着这个音就叫它沱沱河！"

　　将军的话一锤定音，砸到穆兰乌伦河的最深处，它就发生了变迁。一直到今天，沱沱河这个名字仍然被人们响亮地叫着，地图上也是这么标着。它本来的名字穆兰乌伦早沉入冰冻层下成了一块"冻僵了的石头"。

　　慕生忠讲完话，从河里走出来，他一眼就瞅见了李发春露在外面的腿，便冲他走来。糟了，让他发现了！李发春急忙抻着裤管想掩盖起来。可是迟了，慕生忠已经在他面前蹲了下来，摸着那斑驳肿胀的腿问："冻成这个样儿了，怎么就不吭一声！为什么就不吭一声？"他于心难忍，自省，自谴。他反复地这样发问。李发春不得不说了实话，政委，不是我一个人挨冻，好多同志的腿都成了这个样子。慕生忠便一一去看刚从河里上来站在岸上的同志，一个又一个冻成紫茄色的腿在他眼前展现。那是最坚强的亮色呀，那是最沉默的誓言呀！他真恨自己，恨自己没有早一点发现同志们的腿冻成这样，恨自己没有替大家去挨冻受冷。恨这高原的酷寒，恨这沱沱河里的冰凌！

　　他回转身又来到李发春跟前，抱着那腿痛哭了起来……

第十二章

在唐古拉山，修路人面临断粮。

从骆驼嘴里匀出一部分食料来补充筑路人胃里的亏损。

还有狗肉、鼠肉、鱼肉、乌鸦肉，一律只能用白水煮。你瞧，民工、士兵们满嘴嚼着，唇边流淌着生涩鲜血……

这里没有等价交换，更不存在超前享受。只有苦涩，只有忍耐。当然还有在别处绝对难以找到的超凡的乐观。

唐古拉山有一群不肯被饿死的人……

提起青藏高原，人们不能不想到唐古拉山。那是一个让许多人惧怕的地方。其实惧怕更多来自那些似真似幻的传闻。这些传闻从什么地方来，何时来，没有人能明明白白地说出来。但是谁也不怀疑，且一传再传。传得人提心吊胆，惊心动魄。

应该说走近唐古拉山的修路人，这种惧怕的心理比后来的人有过之而无不及。因为在此之前这里没有路，因而极少有人来过。他们是第一个吃螃蟹的人。

山上有鸟叫，山下是听不到的。

有这样一首小诗：

> 唐古拉山非等闲，
> 岭上积雪不知年，
> 峰峦入云罡风紧，
> 飞鸟欲飞翅难展。

诗写得一般般。但它恐怕是文学作品里第一次出现的写唐古拉山的诗，而且是作者站在唐古拉山上写的。这人就叫任启明，修筑青藏公路工程队副政委，慕生忠的得力搭档。

搭档还不够吗，干吗要说得力搭档？

确实得力。任启明是位老革命，参加过北伐战争。1926年入党，比慕生忠的党龄还多7年。他和慕生忠是老乡，陕北佳县人。大学生，总是一副温文尔雅的样子，平时话不多，可一旦开口就蛮有分量。有学问的人往往如此。1951年他和慕生忠一起长途跋涉，历经万难，走进西藏。艰苦行军中建立起来的友谊最牢靠。进藏后他任西藏工委交际处处长。不久，他又出藏和慕生忠一起筹粮运入拉萨。可以不夸张地说，赶着骆驼运粮的艰辛和付出的心血，绝不亚于1951年进藏路上的磨难。慕、任两人的友谊又经过了一次磨炼，升华。修筑青藏公路，这是他们第三次在进藏路上携手共进了。修路开工之前，任启明主动提出先一步出发，带领人马在前面探路，为后面的修路大军清扫障碍。这首小诗就是他探路走到唐古拉山时即兴所作。

那天，任启明踏岭过沟进山查勘路线，上了山顶他已经喘得迈不开步子了。他拿出气压计一看，表盘上的红针定死在最高点上不动。原来这个仪器只能测到海拔 5000 米的标高，而此地已经是 5400 米了，失灵。就在这时候，他看见从南边飞来一群寒鸦，飞到山巅，被阵阵狂风卷得斜翅歪头，怎么也过不了山。无奈寒鸦便坠落在地，然后连蹦带跳地挣扎着走过了山。但仍然有几只寒鸦无力过山，滞留山巅，痛苦地张望着。远处近处的山梁多么严峻，蓝天和蓝天上的白云多么严厉。唐古拉山制造了多少不幸。

那几只寒鸦扯着嘶哑的声音惨叫着，也许死亡很快就会来临。但它们并不休止地挣扎，还在一会儿栽倒一会儿又站起来地朝前扑腾着。任启明呆站山中，痛苦地望着寒鸦，心里升涌着怜悯之情。他自言自语地咬出了一话：飞鸟难过唐古拉！

回到帐篷里，他就写下了这首诗。

慕生忠不是这首诗的第一读者。但他是第一个给这首诗提意见的人。那是半年后，路修到了唐古拉山，一天两人闲聊中，任启明突然想到自己曾经写过的这首诗，这大概就叫触景生情吧。他说：

"唐古拉山这个地方让人难忘，探路时我还为它写过一首诗，几句顺口溜吧。"提起此事他立即就想起了那些可怜的寒鸦，便顺口把那首诗念了一遍。

慕生忠听后便说："你也能写诗了，这说明当个诗人还不难嘛！"他这话无丝毫的讥讽，实在人从来就讲实诚话。

任启明还是很沉痛地说着往事："看到那些寒鸦挣扎得残酷样

儿，我心里很难过，酸楚得都打蔫了，不写几句好像对不起它们。它们会挣死在山上的，过了山的死在山那边，没过山的死在山这边！"

慕生忠接着说，你这诗的最后一句太悲观了，改一改吧！

任启明这诗的末句是："寒鸦撞死山巅前"。听慕生忠说太悲观，他便说，听你的，咋改，你说！慕生忠说，我看改成"飞鸟欲飞翅难展"。

唐古拉山前诞生了一首诗。大学生写诗，将军改诗。

这天，寒风吹冷的午后，冷冷的山脊线上，雪唇露出了蔚蓝的天空。

唐古拉山仿佛更傲气了。没有它，哪会有任启明的诗！

在世界屋脊青藏高原上，除喜马拉雅山之外的第二个大山，当数唐古拉山了。它横卧青藏高原中部，西接喀喇昆仑山，东南延伸接横断山脉怒山，北起小唐古拉山，南至西藏安多一带。南北宽达160公里。唐古拉山的主体部分海拔都在6000米以上，最高峰各拉丹冬海拔6621米，是长江的发源地。在唐古拉山宽广的山幅之间，分布着众多的河谷和湖盆坝子，水草丰美，是天然的优良牧场。

唐古拉山之巅的积雪终年不化，奇峰冷峻，气候酷寒，最冷时可达零下三十多摄氏度，甚至零下四十摄氏度。狂吼的暴风雪在这里是家常便饭，冬季常常大雪封山，山就变成了孤岛。自古传到今的一句话是：唐古拉山一年只刮一次风，从大年初一刮到大年三十。氧气奇缺，身临山中的人因了缺氧常常气短得急喘，随之而来的就是头疼目眩，剧烈的头疼。缺氧可以夺去生命的事在这里并不罕见。

唐古拉山是青海与西藏的分界线，也是阻隔西藏与内地的一道难以逾越的屏障。20世纪30年代中期，盘踞青海的马步芳曾派了两个团的军队，打算打进西藏，可是行至唐古拉山，因为冰雪封道，寒气瘴气袭击，冻饿交加，不能前行，全军覆没于雪山下。

这就是唐古拉山。

现在，修路队伍要向唐古拉山开刀了。从它胸腔劈开一道缝，让公路伸过山。

他们把撬开一块拦路的巨石作为开山之战的第一炮。巨石像一头牦牛，纹丝不动地卧在两峰之间的夹道里。它有多大？一个人站在石前，另一个站在这人肩头才可以够着它的上沿。巨石安卧处恰是公路要通过的必经之地。它的一小半冻在了地层内，钢铸铁浇一般。

慕生忠说："搬掉这个拦路虎是我们在唐古拉山打的第一仗。这一仗必须打胜，它会影响到大家的情绪。"三个工程队兵分三路三面围剿，开膛破肚。武器就是锹镐，外加铁棍，又刨又铲又撬。可以肯定地说，那几个高声唱着号子的人吼出的威力，远远超过了这些原始劳动工具的能量。时间的重量就藏在号子声里，听着它你会想到大海，想到高山。

一声巨大的轰鸣，巨石带着极不情愿的叹息连滚带跳地跑到了山下，又卧在另一个角落里。此刻，它反衬出的是修路人的沉默和潜力。

我于青藏公路通车四年后的隆冬，来到青藏高原执行战备运输任务。当我有幸看到那块落寞无助的巨石时，心情实在是异常的复杂。不必说当今，就是那个年月，本来可以爆放几声炸药就能使巨石成为碎片，比较轻而易举地清理出路基来。可是慕生忠他们不能，他们没有炸药，是用吼出来的号子声吓跑巨石的。可以想象慕生忠的队伍当年是在怎样艰难莫测的情况下在世界屋脊上修路的。当然不仅是缺少炸药了，许多我们今天举手可得的设备和技术，那时都没有。我记得十分清楚，当时我们的车队在唐古拉山小憩，我们的班长——一位刚从朝鲜战场回国的志愿军，坐在那块巨石上，很有一种"老一辈无产阶级革命家"的气派。他声调不高不低、不快不慢地对我们这些后来人说：

"这块石头的功劳可真不小呀，如果没有它趾高气扬地挡在这里，修路人的气概还能显示出来吗？慕生忠将军的指挥才干还能发挥出来吗？卤水点豆腐，一物降一物，没有它，我们的修路队伍出不了名……"

老班长眉飞色舞如此这般地讲了我已经在上面陈述过的搬巨石修路的故事，我能听得出他添油加醋的地方不少，比如他甚至牛头不对马嘴地提到，他还看到了慕生忠将军在搬走巨石后端起酒壶祝贺胜利。这纯粹是杜撰，他从朝鲜战场来到青藏高原时公路早就修到拉萨了。但是，老班长的话我信。你看他傲气十足地坐在那块巨石上认真动情地讲述往事，他比那巨石还傲气。多么可爱的半大老头，我有什么理由不对这位老兵肃然起敬呢！

修路人的热情继续在唐古拉山燃烧着。

拦路的大石头被清除以后，那些大大小小的石头仍然密不可分地布满在公路必须通过的地方。开始是两个人用筐抬石头，后来大家都想着快捷的办法，大多数人简约了，索性每个人背石头。船小好掉头，一个人比两个人便当，背着比抬着容易赶路。当然那些老大不小的石头还是要两个人去伺候。不管抬还是背，都不会是轻松的活儿。天正下着雪，转眼又砸起了冰雹。冷雪，地上的冰碴，再加上雹子，这几样东西胡搅蛮缠地掺和在一堆，袭击宇宙间的任何物体都是摧枯拉朽的，更何况这些在海拔 5000 多米的地段重负荷劳作的人呢！满地都是羁绊，一会儿缠住了右脚，一会儿又缠住了左脚，每一步都是恐怖的小路。当然最要命的当数寒风，它狂傲，放荡，随心所欲地扑打着干活儿的人们。开始，没有人不喊冷，不久又热得冒汗了。雪花、泥水、寒风、热汗……想想吧，这会是怎样一种局面？大多数的同志在干活干得出了汗时，为了利利索索地工作，干脆把一开始裹在身上的棉袄脱掉。年轻人力足气壮，想干的事总要干成，总能干成！

有两个人必须提及。

一个叫孙奎。这个来自河西走廊农村的娃娃，家庭苦寒，步他爹的后尘，曾给地主揽过 7 年长活。那简直不是人过的生活，住在狗窝一旁的茅草棚里，吃的饭也比狗食好不到哪里去。苦水里泡出来的娃儿最知道人生的路该怎么走。政府动员他参加修青藏公路时，他爽心爽口地说了声"是"，背上从长工屋带出来的那个铺盖卷，到爹的病床前安慰了老人几句就上路了。来到格尔木他一听有些骆驼客不愿留下修路，就劝这些人："西藏人民就像我盼着给自己婆媳妇一样盼望早日有一条公路，我们都是吃苦的人，知道吃苦人怀里揣个心愿要实现是多么不容易！我们要帮助他们实现这个美好的心愿！"这是慕生忠在动员会上讲的一句话的大意，他记住了，有个记者采访他时他变成自己的话说出来了。孙奎是施工小组的组长，他干起活来总是可着心铆足劲，从不知道什么是偷懒耍奸。他说只有这样大家才听他的招呼。常常正干着活，天就冷不丁地下起了雹子，唐古拉山的雹子个头并不太大，但很瓷实，砸在头上像扔来的石头。他就让大家把旧棉衣或麻袋顶在脑壳上，做抵挡冰雹的"帽子"。有时白天把活儿没干完,晚上他就领着伙伴们补上所欠的活儿,他说这是"补课"。吃完晚饭,他照例要站在离帐篷有50米的坡坷上,手卷喇叭筒高扬嗓门喊着:"弟兄们,补课了!"谁也不问补什么课,操起家什就小跑着去工地。在大家往工地跑的当儿,他的喊话还继续着:"咱们都要使劲干,公路立马就修到拉萨了!再不好好干活就没有立功的机会了!"他孙奎绝不是为了立功才来修公路,立功又不发奖金,对一个长工出身的农民有什么用?他只是鼓动着大家快点把路修起来,立功是孙奎修路的一份原动力。打通唐古拉山后,这位扛长活的憨憨的孙奎,入了团。回到村里,人们都尊重团员,那时乡亲们会用非同寻常的口吻说:孙奎这娃就是行,在西藏入了团。团员离党只差半步远了。于是孙奎就想,最好前面再有一座唐古拉山,让我表现表现,连党也入了。他甚至还想,自己入了党,上级给他发党证时,在上面印上唐古拉山就好了。他要感谢唐古拉山,是它把自己变成了团员、党员。其实他孙奎还不知道,入党并不发党证,更不会给他印上唐古拉山。

　　另一个要提到的人是蒙古族青年生更。这是修路队唯一的一位蒙古族同胞,也是年龄最轻的民工之一,19岁。语言不通大概是生更与同志们交流中最苦恼的障碍了。苦恼归苦恼,工作总得干好。少说些话多洒些汗珠,汗珠比说话重要,汗珠就是他的语言。同志们看着满脸淌着热汗的生更,就会知道这个沉默寡言孩子的心是热的。生更并不在乎自己说了些什么,他最看重的是自己每天做了些什么。他从遥远的都兰草原来到高原就是为了修路,要把浑身的疙瘩劲毫不保留地使出来用在修路上。组长分配活儿时,生更听不懂,但他知道把最重的担子搁在自己肩上。他无法用语言把干了重活累活后的喜悦说出来，就常常用挂在脸蛋上轻松的笑容来表达发自内心由衷的高兴。快乐的生更从太阳出山到星星满天总是笑嘻嘻地面对每一个人。难怪大家都把他叫"爱笑的大力士"。

唐古拉山一个霜冻遍野的拂晓，寒风猛吹，空气凝冻了似的坚硬。早起赶时间的生更背着沉沉的修路器材，从一条必经的冻着冰的河里涉水走过时，一只脚刚抬起落在一块石头上就被石头咬住不放，生生冻在上面了！他几次试图把脚拽下来，冰碴划破了脚，鲜血染红了浮着冰碴的河水。生更一声不吭，只是取下围在脖子上的毛巾，一撕两半，包裹了两只脚。等同志们发现他的脚伤时已经是该吃中午饭的时候了，他伤痛难忍，才找医生去包扎伤口。

工地的医疗设备实在简陋，药品奇缺，连止痛片都数着片分配给病人。医生看着生更那只肿得像发面馍似的脚，只得一再叮嘱他：我两手攥空拳，实在不能医治你的脚伤，眼下唯一的办法是你干点轻活，多休息几天。生更满口应承，却不兑现。就是在当天夜里，唐古拉山再一次飞瀑般地卷扬起风裹雪时，他又一瘸一拐地颠到工地上干活去了。

在唐古拉山修路的人，哪一个没有经历过像生更一样在苦难中的磨炼！苦，苦得甘心；难，难得蓬勃。正如亲身参与了修筑青藏公路的军旅作家刘伍在他的一篇纪实散文里写的那样："这里每一天都发生着可歌可泣的故事，这里的每个人都用勤奋的双手创造着奇迹。他们为了这条公路早一天在世界屋脊上诞生，乐于勇于献出自己的一切，包括生命。如果要评劳模英雄，落下谁都不忍心，因为大家都可以当之无愧地登上光荣榜。"毕竟无情的唐古拉山有它亘古不变的凶残，人们很难如愿以偿地完全制服它。而它却要竭尽全力地发威，不甘示弱地袭击着在它身上开膛破肚的修路人。

转眼就是1954年国庆节了，这个生辉的日子连天上的云彩也乐得咧开了嘴。祖国内地的人们无不沉浸在喜气洋洋的气氛里，迎接新中国成立后的第五个生日。激情的车间奔流着钢水，丰盈的田野翻涌着稻菽，庄严的军营嘹亮着军歌。可是唐古拉山完全是另一种情景，夏天走了，留下了孤独的寒冷。修路人又一次面临断粮，他们被难熬的饥饿折磨着，惆怅着，闹心着！

这是出现缺粮后的第二天夜里。

一碗稀得可以照见天上星星的面糊汤，打发了每个人，晚饭后，每个帐篷里都静静地忧伤着。修路工程队的两位负责人任启明和宋剑伯，像大家一样因为饥饿浑身冒着乏劲。他们躺在地铺上就是无法入睡，忧虑犹如重山压在他们的胸膛，又火燎般地咬着他们的心。

宋剑伯："有信儿吗？"

任启明："没有。"

没头没脑如此简单的对话。问者和答者谁也没有点明是什么，但他们的心里都很清楚说的是什么：运粮队。口粮一天比一天紧张，也许明天早晨甚至今晚就揭不开锅了。可运粮的人还没信儿！

两人再不吭声了，帐篷里很静。

一顶帐篷里最少要睡十几个人，此刻肯定没有谁能安然入睡。多少人睁着眼睛。没有天花板。帐篷顶有几个小小的破洞，洞里含着几颗冷冷的星星。很亮，贼亮。肯定会有人不厌其烦地反复数着那几颗星。烦躁地数着，越数越少，最后只剩下了一片青秃秃的夜空。断粮了，星星也饿得逃走了！

谁也不知道过了多久，反正夜已经很深了。帐篷顶破洞里那一片饥饿的夜空被一片薄云遮住了。这会儿，帐篷里开始有了鼾声。搞不清是哪一位贪睡者第一个抽起鼾声，随之就一声接一声从各个角落里应和着响起来。此起彼伏的鼾声几乎要把帐篷抬起来。劳苦了一天的修路人是该痛痛快快地休息了。鼾声，解乏的鼾声。乍听起来这鼾声很酣也很香，但细细辨味就能听出很有一种无奈的酸楚。它能解饥解饿吗？

仍然有人睡不着，任启明和宋剑伯。

这两位修路队的领导人还在费脑伤神地为解决断粮问题熬得嘴唇起泡。

时间在时间之外磨蹭着牙齿，有气无力地瞅着唐古拉山。时间过得快还是慢？有人知道有人不知道。

两个人的对话又继续着。

"这样干熬下去，我们会憋死在唐古拉山的。"

"如果真的憋死我们，首先会把慕头气死的！"

"气死慕头我们还会有什么脸面活在世上！"

"他不是说过了吗？不把公路修到西藏，我们找根绳子大家一起吊死算了！"

久久不语。这个话题太沉重。

生命是一种终结，又是一种开始。

有人咳了一声。民工小杨忽然从地铺上坐起来，说："二位领导，我一直听着你们的谈话，心里也和你们一样没着没落。可是咱们就是把头发愁白了又有什么用？把大家都哄起来开会，睡什么觉呀，你出一个主意，他拿一个点子，总是能走出这难关的。"

他正这么说着，还没等两位领导开口，哗啦一下地铺上的人全像弹簧似的弹坐了起来，坐着，一双双饥渴的眼睛盯着他们的领路人。原来谁也没有入睡，那鼾声是装出来的。

关于解决吃饭问题的会半夜三更在唐古拉山进行。两位领导都不想在这个很不适合开会的时刻，说些大话空话而增加大家的心理负担。他们每人只讲了两三分钟，不说多余的话，一语点题。大意是说，死等下去，只能饿死在山上，咱们修路人不会做这样的软骨头。眼下，只要有能填饱肚子的东西，各人身上有的或者虽不属于自己但修路队可以设法得到的，都应该毫不吝啬地拿出来说出来，吃饱肚子是第一要紧的事。

为了活命，活命为了修路，谁都不回避也无法回避这个问题。有钱出钱有力出力，人们解囊相倾的积极程度表现得异乎寻常的出色。此后，就在山上出现了一些预料之外但却在情理之中的令人奈何不得的充饥措施。

从骆驼嘴里匀出一部分食料来补充筑路人胃里的亏损。这个建议肯定是经过任启明批准的。他批准的理由是：眼下是特殊时期，骆驼与人相比，保住人活命最当紧。没有人只有骆驼，哪来公路？让人活着，不但能把路修起来，也会有骆驼的。

所谓舍得，只有舍了才能得。谁能说这不是很管用的辩证法？

炊事员把喂骆驼的黑豆瓣煮成稀糊汤，分给大家吃。很不见外地说，这是猫食狗食，哪能算一餐饭？好处是不定量，可以敞开肚皮喝。不过放一泡尿肚皮立即就见瘪。

强烈的重体力劳动使这些修路汉子们的胃囊变得锋利无比，饥饿袭来他们恨不得吃铁咬钢。这点稀得互不相补、可以照见人影的黑豆瓣汤怎能充饥？饿不择食。为了活命，大家搜肠刮肚绞尽脑汁想办法解决吃饱问题。有的人把从上山后一直伴随着自己的狗杀了；有的人在山坡下草滩上挖地鼠；有的人在野外用绳子套寒鸦；山中有一条河流到低处形成一个死水湾，那里有许多鱼。从来没人打捞，那些鱼儿长成了很大的个头。有的死在河里，腐烂发霉。臭水，鱼的味道不好，放进嘴里像嚼棉花。最难下咽的要数地鼠肉，那股腥鼻咬肠的酸涩味倒腾得肠肠肚肚的要起鸡皮疙瘩了。吃吧，顾不得那么多了……能想到的办法都想到了，能充饥的东西都弄来塞进了肚里。

这里没有等价交换，更不存在超前享受。只有苦涩，只有忍耐。当然还有在别处绝对难以找到的超凡的乐观，你瞧那些满嘴嚼着地鼠肉唇边流淌着生涩鲜血的民工，心不由己地直说，好吃，真好吃！人们不能眼看着让自己的生命燃烧，耗尽。为了修路，都得活着。艰难却顽强地活着！

所有的野味，不管狗肉、鼠肉、鱼肉，还是乌鸦肉，一律只能用白水煮，没有任何佐料。即使这样的食物，分摊到各人手里的也非常有限，吃个半饱就不错了，剩下的那半饱凭各人丰富的想象去虚拟去填充。乐观地活着有时比挨饿重要得多。值日班长吹哨子不喊"开饭"，而是嬉皮笑脸地大喊一声："开肉了！"大家也跟着喊"开肉了！"其中最数那些士兵们喊得有味道，好像他们真的享受在家乡过年过节才可以吃到的鲜嫩可口的肉。"开肉，开肉！"声此起彼伏，硬是把个荒原弥漫得香气四溢。修路人的伙食寡淡无味？谁说的！

生活确实很苦，大家也确实很开心。

这些在唐古拉山上修路的汉子们，不管填在肚里的是什么东西，也不管填多少或者有时暂时没甚可填，施工始终未间断。即使大雪下着冷风刮着，也在干活。路，一点一点地向西藏延伸。

走动的路，擦亮了积雪的山冈。

就是在 1954 年国庆节那一天，天安门广场礼炮轰鸣的声音把祖国的上空填满（只可惜唐古拉山修路工地上没有收音机听不到），他们仍然勾着头猫着腰紧张地施工。也是在这个本该欢乐轻松的日子里，这些修路人的饥饿程度几乎达到了极限。大家七拼八凑也只能够找到半天吃的食物。任启明依然没有趴下，他知道如果这个时刻他一倒下去，跟着就会倒下一大片。不能，他不能带这个头。他便强打起精神，很风趣又很果断地宣布道："看来我们只有顺应老天爷的安排了，它既然给我们只够吃半天的食物，那我们就对不起它了，只给它干半天的活儿，剩下的半天我们罢工，睡大觉。"

马上有人给他提意见："都什么时候了，你还有心劲开玩笑。肚子没吃饱，干不了活，也睡不成觉。你说的两件事哪一样也无法兑现！"

任启明也较真了，甚至带着严肃的口吻说："你们看我像开玩笑的样子吗？我实实在在没有这份闲心。我是正儿八经掏心窝里话呢！我说这些话的意思很明确，第一，无论有多么大的困难，只要我们还有一口气，这修路的大事说什么也不能停。第二，只要大家张着嘴，动着脑筋，就有充饥的东西进来。饿不死人。活人怎么会成了死人？没那么容易！"

唐古拉山上的这些不肯饿死的平平常常的人们，尤其是如任启明这样饿死也要开心也要快活地活一阵子的生命力极其旺盛的人，他们是多么的令人尊敬呀！这是一种信念，一种不甘示弱的宁肯站着死也绝不跪倒生的英雄汉子。这种豪气壮胆往往出其不意地出现在特殊的环境中，自然是特殊的人才会有。无情的客观环境把人逼到死亡边缘的时候，有一些人会凭靠着精神力量活下来，一片树叶甚至一泡尿都可以救他们走出死亡；而另外一些人呢？会倒地叹息等待死神。我崇尚前一种精神，我敬重这样的人。奇迹往往就在看似没有希望的时候发生。视死如归的人，真的会化险为夷。人在无望的地界得到的阳光明丽的天地，这样的天地是永生的。

九死一生。从外表看"生"的可能小于"死"，因为"九"大于"一"；但是"生"是强者，因为它最终战胜了"死"。我就是这样理解这个词的。

慕生忠正在和他的狗"谈话"，不，是诀别。他的这只狗是半路上抱养的。不知始于哪天，修路队开始了养狗风。说什么风，其实言过其词，也就是每个修路队有那么一两只狗，还是千方百计从香日德、湟源抱上来的。在荒天野山的地方修路，狗不但能保卫主人的安全，还可以为大家排除寂寞。当大家越来越感到离不开狗时，有一天马珍突然把自己的狗送到了慕生忠的面前，他说，首长，你最忙，也最需要一只狗给你做伴。把它送给你吧！慕生忠没推辞，收下了。一个多月来，慕生忠带着他的这个"卫士"，送走了多少次日出日落，只要他有一口饭吃就不会让它饿肚子。现在，可是现在当修路人被饥饿逼得无路可走时，慕生忠不得不忍痛舍去他的这个"无言战友"。他对它说，我没有任何办法保证你活着到拉萨了。与其饿死，还不如让你做出奉献救救这些可怜的修路人。去吧，你是光荣献身，无怨无悔！之后，他喊来通信员叫他把狗牵去送还马珍。没想到马珍就站在帐篷外，他从通信员手中接过狗，久久站着，满眼含泪……

当天，慕生忠下山去接应运粮队。他让同志们等着，耐心地等着。

10月14日，是面临断粮的第16天。大家仍在有气无力地修着路，镐头沉沉，锹也沉沉。要说心不沉，那是假话。每日有数的一点黑豆汤，塞牙缝都太稀。但是，没有一个人停下手中要干的活儿。路，几乎在原地动着。只要动就有生命。

中午，任启明又一次拿起望远镜朝山下瞭望。奇迹出现了，他惊喜不止。原来从小唐古拉山方向涌来了一片黑压压的牲口群，他心里压了多日的沉石一下子落了地，转过身以轻松快捷的声音大声给同志们报信："救兵来了！"

所有的人都停下了手中的活儿，从四面八方凑过来轮流扒着望远镜往山下看。大家都不遗余力地把目光和注意力集中在了那个小小的瞭望孔里。

粮食运来了！慕生忠带着两个工程队和西北军区增派的修路民工赶来了！

将军上山后先是向大家作揖，然后敬礼，并没说话。

他掂起一把镐，一个手势，示意大家干活。他高高举起镐，对准坡地挖去。这时他才开腔发话：

"我看过了，撑死再有100米这路就修到山顶了，大家加把油，攻下这最后的100米，咱们在山顶上开饭！"

这种动员无疑是火上浇油。血气方刚的年轻人虽然已经饥饿得快到极限了，但谁也不会没有骨气地饥不择食。山顶上既是慕生忠指给的修路目标，也是将军让他们将要吃饱饭的地方。两者都是动力，挺进山顶！修路，为了吃饭要修路，为了修路也要吃饭。

这时王鸿恩连长带着一队兵走到慕生忠面前："政委，让大家休息休息，准备开饭。这最后的攻坚任务交给我们吧！"慕生忠一个劈斩手势："好！你们上！"

100米，这本来不算长的距离此时也变成了顽固的碉堡。士兵们挥镐刨挖，举锹铲除。当路面在锹镐下渐渐显出时，每张疲劳的脸上缀满的是笑盈盈的汗珠。

五个小时，路修到了山顶。

挥汗如雨的任启明正要找慕生忠兑现承诺，没想到慕生忠来了。他对任启明说："粮食运上来了，我们把路也修到了唐古拉山顶。今天要做的第一件事是改善伙食。首先是慰劳你任启明，没有你在山上撑着，这么多人早就散摊子了。不定量放开吃，你带头好好吃，让每个人都把肚子吃得圆圆的。我们欠大家的太多了！"他说着说着眼里飘出了泪花，说不下去了。

任启明说："在最困难的时候，大家想到的就是你。我们都有个坚定的信念，你不会扔下我们不管，你一定会想出办法解决缺粮问题！"

这时，慕生忠身子一跃，骑到那匹一直不离开他的马上，说："吃完饭你们痛痛快快地休息一天，下山的路不用你们操心了，我要用马蹄去修了。马踏到哪里，哪里就是公路。"

马蹄修路？新鲜。

原来，唐古拉山通往山下早先就有一条弯曲而窄险的山路，是骆驼踩出来的。将军真会"旧物利用"，马走一遍就让它变成公路。

他扬鞭催马，直奔山下。

几个随行人员紧紧跟上。

下午，将军返回。他站在山坡上，指挥喘着粗气的十辆大卡车，缓缓地从北坡开上了山顶。至此，修路英雄打通了唐古拉山。他们在山上整整激战了40天。

王鸿恩不知从什么地方找来一块木牌歪歪扭扭地写上了"战胜唐古拉"五个字，插在山巅的雪地里。木牌脆弱，在风里摇摇晃晃，很不稳当。又有人另想出了个招数，用木棍在山坡的冻土地上一刨一挖地刻着这五个字。慕生忠看见了，说这样刻到牛年马年才能刨出个字来，是刨金娃娃吧！他送上一把已磨得成"月牙铲"的铁锹，说：用它刻，管用！

木牌仍站在山上，很像一个人。刻在坡地的字便是这个人投下的永不消失的影子。

慕生忠攀上了一辆卡车，站在车厢里。这车停在世界屋脊上，他就是世界屋脊之脊了。他要站在这个地方做一件事，一件大事。给北京起草了一封电报。内容是：

彭总并转中央：我们已经战胜唐古拉山，在海拔5700米以上修路30公里，这可能是世界上最高的一段公路。我们还在乘胜前进，争取早日到拉萨。

慕生忠　1954.10.20

把电报交给发报员后，慕生忠的心情还激动不已，他顺手摸了一张纸一支笔，写了一首诗：

唐古拉山风云，

汽车轮儿漫滚。

今日锹镐在手，

铲平世界屋顶。

很快就诞生了这首诗，在唐古拉山上。自我感觉良好。他没征求任何人的意见，包括已经写了一些诗而且自认为写得不错的任启明。慕生忠把诗交给在场的人朗读了一遍。他闭上眼睛听得很得意。铲平世界屋顶！这样有气派的诗句，只有站在世界屋脊上的人才能写得出。

当夜，慕生忠就收到了北京回复的电报：

慕生忠同志：欣悉你们在克服种种艰苦困难后，已打通举世闻名的唐古拉山，甚慰。谨对全体筑路同志们表示慰问，并望继续努力，争取早日完成通车拉萨的光荣任务。

慕生忠把电文给大家念了一遍，之后他又反复读了数遍。可以想象得出，北京的声音传到这边远的雪山会给人们带来多少动力。夜已经很深了，大家还没有丝毫的睡意。这晚，在唐古拉山慕生忠肯定是最后一个入睡的人。后来他索性把筑路队几个领导召集到他的帐篷里，对他们说：

"剩下的唐古拉山到拉萨的这段距离，虽然原先就有一条不成形的驼路，但要把它修成真正能走汽车的公路，任务并不轻松。我想了想，这样吧，咱们兵分三路，分而治之。一个队赶到黑河，从那儿往拉萨修。留下一个队加工整修，其余的几个队接着在唐古拉山往黑河修。最后的冲刺了，鼓把劲就上去了!"

　　慕生忠把电报放在枕边，开始入睡。他的呼噜声刚响起，东方的天际就露出了乳白色。应该说这是他上山来少有的睡得最香甜的一夜。

第十三章

1954 年 12 月 15 日下午 4 时许，慕生忠将军乘坐一辆破旧的美式吉姆西汽车，在布达拉宫的广场上幸福地跑了一圈又一圈。

这是历史上第一辆行驶在拉萨大街上的汽车，缓慢的车轮碾碎了世界屋脊的一个时代，又碾出了另一个时代。慕生忠也就理所当然地成了历史上第一个坐着汽车进拉萨的人！

后来人们称他为"青藏公路之父"。

在羌塘修路。

羌塘，藏语里的意思是"藏北草原"。

这肯定是中国最大的草原之一了。它位于喀喇昆仑山、冈底斯山和念青唐古拉山之间，面积约 60 万平方公里，差不多占去了西藏二分之一的土地。平均海拔 4500 米以上，是藏地有名的天然牧场。

真的，羌塘很大，很大。跑过一道坡又跑一道坡，它仍在一坡一坡地向远方伸展。深度的草原。那曲、当雄、安多，藏北这几个重镇，像璀璨的明珠嵌在羌塘的草坡上。被人们称作圣湖的纳木错也在其内。

天空高朗，把远山缩卷到每一片草叶当中；太阳当空，把牧羊人的影子照成了一根拴马桩。羌塘上空的白云一年四季都洁白地飘逸着。阳光堆积青草，羊群接近白云。因了这白云羌塘大地变得深邃；又因了这深邃，羌塘的封闭也变得更漫长。

牦牛拉着沉沉大犁也揭不透羌塘的昨天。

在国民党时代，拉萨到那曲就有了一条驼路。人走过，驮盐的骆驼也走过。却没有走汽车，马拉车也没走过。西藏没有马车。但是它总算是一条路，一条没有走过车的奇特的路。

慕生忠他们要把这样一条路变成青藏公路的一段，很重要的一段里程。相比之下，在路上修路就容易些了。但是，仍然有两个关口气势汹汹地站在这段驼道上，等待着筑路大军去攻坚。一个是桃儿久山，另一个是羊八井峡谷。

把锈蚀的往事投进炉中熔炼，历史一下睁开了惊喜的眼睛。

毕竟是从狭窄走向了宽阔。桃儿久山与唐古拉山和昆仑山比，显然是小弟弟了。羊八井峡谷与楚玛尔河和沱沱河比，也只能当个小妹妹罢了。毫无疑问，只有慕生忠才有这种浪漫、这种本事给青藏的山水找到如此英俊的弟弟和多情的妹妹。这是他在一次动员会上讲话时这么比喻的。他这个人就是这样，当困难张牙舞爪地露着凶相吓人时，他就鼓动大家把老虎当成小猫咪，藐视它，没什么了不起！可是一旦真要和困难真刀真枪较量时，他就咬牙切齿地说："给我揍！狠狠地揍！把狠劲使出来打狼！"

这个慕生忠，明明是个大老粗，丰富的战争实践经验却使他把辩证法精通到骨子里了。

青藏高原的天空比羌塘大。忽然之间当所有的空间都挤满翅膀与声音时，人们便确信无疑地感到这位善战的将军有着比天空更辽阔的精神和灵魂。

棕熊作证。

11月中旬的这一天，慕生忠把它很饱满地写在了自己的人生日记上。一头棕熊的突然出现使修路工地有了一种别样的情趣，当然更多的是恐惧。那个头儿像人一样的家伙怀着敌意与将军对峙了一夜。它要干什么呢？没人知道……

为了实现一个既定的目标，桃儿久山上的修路热浪达到了前所未有的沸点。因为慕生忠下死令要在半个月内把路修过这座山，现在离他规定的最后期限只剩三天了。他虽然没有说谁要是完不成任务谁就提着脑袋见他，但是他变了个说法，意思是一样的。"我早就说过了，不能按时保质保量地把路修到拉萨，咱们找个绳子集体上吊，我带头！"这话老头子说过多次了，但是每次说出口你都不会觉得重复。他说话是算数的，没人敢违令。这些天每个人都在拽着太阳巴不得它慢点走再慢点走——抢时间干活。白天的活儿没干完，晚上就接着干。不需要人催促。

这个傍晚，按惯例奔波一天的慕生忠本该抿上一口酒打点瞌睡了，瞧他那眼睛涩涩的，不是疲困又是什么？可他还在工地上转来走去地忙乎着，他知道大家只要看到他这个老头子还在忙着，他们就会不遗余力地加紧施工。现在就需要这种老命和小命一起大干一场的精神。眼看公路就要修到终点了，最后的激战往往就是竣工欢庆的序幕。慕生忠一路走着一路给大家喊话鼓劲。那些话也可以说是口号吧，全是他随时编出来的，现炒现卖，很有煽动性。听："同志们，我们已经流了足足有一大瓮的汗水了，现在要舍得流下最后一碗汗。尽早把公路修到拉萨，那时这碗里的汗水就会变成藏族同胞敬给修路英雄的青稞酒了！"他正这么喊着，猛地发现自己的面前有个庞然大物，好像从天而降，几乎撞了个满怀。他站定一看，好家伙，一个笨头笨脑的动物站在地上，挡着去路。他忙后退几步，和这个怪物拉开了约十米的距离。他借着夕阳的微光可以隐约看出这是一只他从来没有见过的动物，个头如藏獒一般，看上去却没有藏獒的凶残相，还带着几分憨憨的神态。

这时，有几个修路民工围了上来，他们当中有人认识这罕物，说是西藏的棕熊，非常稀有。慕生忠听了哈哈一笑，对棕熊说："头回生，二回熟，来，咱们做个朋友吧！"说着他就要上前和棕熊握手，被在场的民工拦住了："政委，你要和它亲近，它可不领你的情。千万去不得！"慕生忠问："难道这憨憨的傻样儿还会咬人不成？""不光咬人，还会吃人呢！""那好，谢谢你们的劝解，我就免了这次'拜访'！"他向棕熊抱拳作揖："再见了，你饶了我们这些修路人吧，谁都不容易。你不犯我我不犯你，你如犯我我必犯你。好了，还是和平共处为好。"

慕生忠说完就转身走了。他以为这件事就这样了结了，棕熊，人不理它，它就没趣，还不扭头一走了之？起码善良的慕生忠是这么想的。谁知，事情远非这么简单。慕生忠在工地上转了一圈，回到原处时，发现那棕熊依旧没挪窝地蹲在那里，两只绿莹莹的眼睛在淡淡的月色下好生怕人。慕生忠想起了同志们告诫他的话，那家伙是会咬人、吃人的。他便选了个自认为可守可防的安全地方站定，与棕熊对峙起来。按他的想法，人站在这里，你棕熊就是胆大包天，也会退让的。世上哪有野兽不怕人的？景阳冈上的老虎还怕武松呢！不，那憨物比慕生忠还有耐心。它根本不动，就那么睁着绿莹莹的眼睛蹲着。奇怪的是它也不往前动半步，始终没有走近修路人。慕生忠只好奉陪到底。直到东方渐渐放出曙光，那棕熊才起身摇摇晃晃地走了。它到哪儿去了？没人知道。慕生忠望着它那失意的背影，很有人情味地自言自语："伙计，老慕陪你一夜没有陪够，欢迎你下次再来！"

送走棕熊，慕生忠就写下了一首诗：

　　头枕昆仑巅，

　　脚踏怒江头；

　　零下三十度，

　　夜宿桃儿久。

　　上盖冰雪被，

　　下铺永冻层；

　　仰面朝星斗，

　　熊黑是近邻。

写诗要有一种心态，年轻的心态，静怡如水的心态。对今天对明天抱着希望和信心的人才写诗。

好些年后，慕生忠还时不时给人提起在桃儿久山遇到棕熊的事。

有句话我记得很清，他说，那晚站在他对面的那头棕熊是一个"山神"，保护他们修路的山神。如果不是它在工地上蹲了一夜，那晚说不准会有什么不幸降临呢！

我却不这么认为，我要说那是一盏藏式酥油灯，我指的是棕熊的那两只绿莹莹的眼睛。不知为什么，我一提到它就想起了酥油灯。藏家人夜夜不能离的光明的种子。

最使慕生忠和修路队同志欢欣得狂蹦喜跳的事，莫过于那一队生龙活虎般的士兵雄赳赳气昂昂开拔到桃儿久山的那一刻。当时正是开午饭的时候，不知是哪个小伙子最先发现了新大陆，他高喉咙大嗓门地送来了这个让每个人蹦上三尺高也跳不完心中的欢畅的喜讯："快来看哟，队伍开来了！"随着这一声声嘶力竭的高呼，所有人都把目光投向了山北坡的方向，看见了，一队长长的汽车卷着尘土，慢慢腾腾地驶来。虽然车速慢，但绝对是一种浩浩荡荡的气势。特别是对长时间在近乎与世隔绝的高原修路的人们来说，这种感觉更强烈，来得也很突然。车队串起的烟尘久久不散地在静静的天空飘扬着，那也是一种少有的高原雪山下的美丽。

汽车来了，车上载运着解放军战士。这就是经过彭德怀批准，西北军区又一次派出的工程部队的1000名指战员，100辆大卡车。他们经过长达半个多月的晓行夜宿，威风不减地开拔到了筑路前沿，从这刻起，这些军人这些军车就融入筑路的滚滚洪流之中了。因了他们的加入，雪域高原有了雄师的旋律。

两支修路大军在羌塘草原会师。

慕生忠顿觉腰粗气壮。他逐个地握着眼前这些工兵们的手。没想到这些手比他的手还粗壮，还坚硬。他们是从另一个战场走来的勇士，有的一个月前还在新疆戈壁滩铺设铁轨，有的刚在南国的丛林中打完最后一个战备洞库，还有的是从朝鲜前线归国的志愿军。慕生忠抓着指战员的手，亲切无比。他连连说："及时雨，太及时了！你们来得真长眼神，有了咱们这些军人，这支筑路大军的战斗力就会变得更加战无不胜了。同志们，我向你们敬礼，向你们问好！可我还得说另外一句话，你们要有吃苦特别是吃大苦的思想准备，脱几层皮甚至掉几斤肉那是很正常的事！"

移山填海的工兵使本来有些浮喧的工地突然变得沉稳，安静。一切都井然有序地进行着。谁还在乎严冬的酷寒，还有羌塘草原那些沼泽？人们再不需要等待，也不必躲闪。修路！朝着拉萨义无反顾地修路！

工程兵们已经出发。远山，奔腾着一队撒野的藏牦牛。

羊八井工地。

在深深的谷底和高高的石崖上，满眼都是忘我修路的工程兵们忙碌的身影，铁锹翻飞，镐头起舞。那条终年慢流缓淌的河仿佛刚刚醒来，比过去加快了速度，每朵浪花都扬珠洒银，欢畅清爽地奔向拉萨。

士兵们的心却在河水的下面，他们反而平静。

平静？

确切地表达，应该是平静中有忧虑。

都因了打炮眼。

我们早该提到工兵七连三排的这两个战士了。队伍开到羌塘草原的那一刻，慕生忠就特地接见了打炮眼的兵，详细地问了他们过去的战况。他知道下一步修路中爆破任务很重，离不开他们。这里面就有三排这两个战士：李占钰和王德孝。当时大家称他俩是"打眼能手"。这个称誉肯定是因为他们的炮眼打得出色才得到的。每天打眼78厘米深，这是他们创造的最高纪录。确实是惊人的进度，别人望尘莫及。可是，来到高原修路这个进度不行了，成了小儿科。老牛爬坡的速度怎能满足慕生忠的要求？

因为慕生忠又加码了。他提出了完成修路任务的最后时间："本月底拉萨见！"就是说1954年年底之前，青藏公路要通车。他说这话的时候离年底只有22天了。如果按每日打炮眼78厘米的进度计算，不要说22天，就是再加一个22天也完不成任务呀！包括李占钰和王德孝在内的爆破手们，无法回避地遇到了一个新问题：大幅度地加快进度，适应形势的需要。新问题自然是慕生忠强加给他们的，但更多的是一种自觉的责任。两个"打眼能手"在探讨如何迎难而进，使这位修路司令骏马疾驰。

"慕政委发话了，让咱赶进度，全连的战友都在闷着头想招数加快施工进度，我们那点老本怕吃不得了。"

"我想，光靠我们两个人的力气就是挣得尿裤裆，打炮眼的速度也很难突破。咱们放下架子去取经，学习先进不丢脸。"

"丢脸不丢脸的事我不想那么多了，只是找谁取经？这地方不比内地，跑上一百里路也难见到人家！"

"你想得太远了，咱们的眼皮底下就有强龙，只要心诚，不必跑腿。"

"你是说咱们连里的先进突击组？"

"没错！人家是先进单位，人多势众，有能耐，肯定比我们强。

咱俩和他们抱团拧绳就更有力量了！"

说到这儿，李占钰和王德孝兴奋地一击掌，决定走出去取经。

一个打炮眼攻关小组就这样应势而生。成员除了李占钰和王德孝外，再加上先进突击组的两个士兵杜光辉、范福德。王德孝是组长。连长对王德孝说："你年长资格老，枪林弹雨，泥里水里都经历过，经验丰富，连里把这么重的任务搁到你肩上，是经过认真考虑的，也是放心的。你是铁肩膀，我现在给你淬火，使它变成钢！"

英雄惜英雄！

青藏公路是个出英雄的熔炉。什么是英雄？其实英雄就在我们的队伍中。他们之所以成为英雄，只因为他们说了一句别人想说却不敢说的话，或做了一个不同于别人的异样的手势，于是他们就成为英雄了。英雄永远走在我们的队伍中，他们不断地向前走。即使在别人犹豫或原地踏步时，他们仍然不知满足地前进着。英雄就是这样的人。

王德孝领导的攻关小组就是一个英雄集体。

夜很深了，工地的所有喧哗都融进了圆月之中，使那轮月儿显得胖胖的恬静。四个士兵未睡，他们轮流或抢锤或掌钎，互相体验锤的轻重，共同感受钎的快慢；白天，他们深入到打炮眼的战友中去，点点滴滴地收集，一丝不苟地吸收，用每个人的优长充实自己；负责全连施工的技术副连长毫不例外是他们拜师请教的师傅，几乎所有的疑虑和难题都可以在他的点拨下化为喜悦……

分散在群众中的打炮眼零星经验和一些虽然显得独到但还不完善的操作窍门，经有心人王德孝的总结补充，升华成一套集大成的先进打眼方法："勤打勤换勤掏灰"，具体要领："扶钎要稳、打锤要狠、掏灰要快、转动要匀。"

今天当我在此重述照抄这套当年红极一时，确实为打通羊八井石峡功不可没的先进操作法时，手中的笔杆几次停下来。停停写写，写写又停停，感慨良多。不要说现在的年轻人对它的先进性会冷眼相看，就连我这个从那个年代走过来的见证者，今天回顾起来也莫名其妙地有几分羞涩。这当然是暂时的情绪流露了，很快我就从内心叮嘱自己，理直气壮地写下去，明明白白地把一切都告诉后来人吧！

那是 50 多年前的事情，新中国成立才四年。百废待兴，举步维艰。事事都要从头开始。要钱，缺钱；要人，缺人。就说开拔到青藏高原修路的这些士兵吧，他们当中好些人都是从战争的硝烟中爬出来的幸运儿。衣褶里还沉淀着的硝烟告诉人们，这些从战壕里捡来半条生命的士兵甚至连回家会一面父老乡亲的时间都没有，就上了高原。修路对他们来说是第一次，又是在世界屋脊这样一个极其艰苦的地方修路，他们只有一双可以扭动大山的手，只有一腔能融化冰雪的热情。他们是披荆斩棘才总结出了这么一套打炮眼的方法。这方法管用，管用就是好办法，管用就有价值！够了，足够了！

新的方法推广以后，打炮眼的效率迅猛提高。过去一天只能打进 78 厘米，现在不足四个小时就打进 2.05 米了。创造这个纪录的就是王德孝。他抡起十八磅的铁锤，一口气打了 620 下。如不是钢钎被打秃，他的手指还不会松劲。当时盛传青藏高原修路工地的"620大锤"指的就是他的事迹。

羊八井石峡就是被许许多多王德孝这样的硬汉子，用十八磅铁锤打穿的。这铁锤后来在一些记者的笔下形容成战士的铁拳。铁拳，好个别开生面的比喻！太形象太贴切了！

雪莲在冈底斯山顶怒放。

不是雪暖，是春深。

公路一天天向拉萨挺进。

崖畔上有一棵树倒向半空。一群藏族同胞潇洒地欢奔欢唱在新修的公路上。第一次走公路，第一次走在通往拉萨的公路上，笑容像格桑花开在他们黑黝闪亮的宽额上。公路要改变他们祖祖辈辈的那种固有的、单一的生活。此刻，藏家人除了喜悦还会有一种顾虑。

顾虑。幸福而痛苦的顾虑！

扎西阿爸在铺着彩霞的新公路上迈着碎步小跑了一会儿后，又犹犹豫豫地走出公路，站在路边望着天边某个固定的地方，呆想什么。是疲劳了？他有心事。

"路在高处，羊在栏里。我该到哪里去找收获的秋天？"

这是藏家的祖先流传至今的一句话。扎西老人此时想起来了。先辈们说的路自然不可能是青藏公路，而是指生活的路。人们都说，这条连接北京和拉萨的公路会给藏家牧人带来吉祥如意，会使牧人得到幸福的生活。这样看来，它就是先辈人盼望的那条路了。可是，会是这样吗？幸福到底在哪里呢？

扎西的眼角涌满了渺茫。

扎西老人再过一个藏历年就70岁了，他那一脸起皱的深深纹脉让人感到他的年岁比实际年龄还要大。可是他那硬朗的身板又让人觉得他并不老。然而，扎西毕竟老了，70岁的人怎能不称之老！他是安多买马部落的牧民，游牧人。他像牦牛一样勤苦，也像牦牛一样循规蹈矩。羌塘草原上的格桑花有多少，他能数得清，但是没有一朵是属于他的。花蕾上的露珠终年都映着他苦愁的脸；游牧的路有多漫长有多艰苦，他知道又仿佛不知道。路上的坑坑洼洼盛满了穷苦人的眼泪和汗水。老人这一生都不会忘记那个令他始料不及的吉祥幸福突然降临的日子:1951年，人民解放军进驻羌塘的当天，从早上到中午，太阳、月亮、星星同时出现在天空。对藏族人家来说，这是"三星普照"必有喜事降临的美好日子。正是这一天，解放军长长的队伍开进了羌塘草原，格桑花上的阳光从来没有笑得这么灿烂过。千千万万个泡在苦海里的藏族同胞浑身抖擞着喜悦走出了黑暗的世界。扎西老人是赶着自家仅有的三头牦牛和五只羊迈着轻快的步子来到路边欢迎解放军的。别人问他为啥不把牛羊留在草滩上，这样多累赘!他说，不，我要我的这些宝贝牛羊和我一样享受幸福。他说这话时脸上的笑容十分丰盈。这个大喜的日子已经过去了四年，现在回想起来老人的心里还是甜甜的舒坦。

现在，解放军马上就要把公路修到拉萨了，这条公路就从他家的帐篷前面穿过呀!自打得到这个喜讯的那一刻开始，他就幸福得夜夜做梦，梦见自己坐上了汽车。这样，他想走多远就能走多远，他想看多远就能看多远。甚至他还想，有了汽车，他们牧人就有了翅膀，他想飞多远也能飞多远。

那些失踪的邪恶灵魂仍在黎明的群星间隐现。

有人在这时候放话:"公路通了，来了汽车，这汽车是一个像魔鬼一样的怪物，它会吃掉牛羊，会把草原上的牲畜吃个精光!"

在西藏，牧民根本不知道汽车为何物的那个年代，这种能笑掉大牙的谣言还着实让那些耳目闭塞的牧人紧张了一阵子。扎西老人对此将信将疑，他特地找到了随着修路大军同时进藏的军事记者刘伍，说出了自己的疑问。几天前，刘记者到过老人的帐篷采访，他们相识。刘伍听了扎西老人传递来的那些谣言，摊开两手，哈哈一笑：

"阿爸，如果现在有人说我会吃了你，你相信吗？因为我是不会吃人的。那么汽车到底会不会吃掉牛羊，明天，或者再过几天，我带你去看看汽车，你就什么都明白了！"

"照你说，汽车真的不吃牛羊？"

"吃你一只羊，我给你赔十只，让你老人家赚十倍还不行吗？"

扎西老人很不好意思地摆摆手，赚金珠玛米的钱那是昧良心的事，他不会干的。但是汽车到底吃不吃牛羊，他还要亲眼看了才肯相信。老人还清楚地记得，那些说汽车要吃牛羊的人是神秘兮兮地扒在每个牧人的耳朵门门上，很当回事地讲这个噩耗的。还说，你要是不信，那就等着你的牛羊遭殃吧。善良的扎西老人被这些人给说得心都快要裂缝了。

刘伍是不会忘记扎西老人的。一周后，当西北军区的十辆汽车来到安多买马部落时，他便叫上老人到汽车前，指着运载着修路器材的汽车说：

"阿爸，这就是汽车，你先看它会不会咬你的手。一个不会咬你手的汽车怎么会吃牛羊呢？"

老人轻脚慢步十分胆怯地蹭到汽车跟前，用好奇的眼神瞄了汽车好一会儿，才从车头走到车尾，又从车尾回到车头前。许久的凝神注目后，他才伸出手，先摸水箱，再摸翼子板。摸得那么犹豫，又是那么动情。最后，他的那双暴着青筋的手停放在汽车的大灯上，自言自语地说，这是汽车的眼睛吗？当摸到倒车镜时，他说这是不是汽车的耳朵？还有它的嘴巴呢，没有嘴怎么吃糌粑？怎么喝酥油茶？……

刘伍静站一旁，默不作声地看着、听着扎西老人的一行一言。涌在他心里的有酸也有甜，更多的是酸。那酸楚辣辣地在他的胸腔里驰骋，跑成一团奇异的火焰，烧得他的心发疼。善良的牧民，纯朴的牧民！你们早该走出西藏，知道外面还有一个更大的世界！刘伍终于忍不住地走上前，拉起扎西的手，走到另一辆汽车前，那车前站着一个兵。刘伍诚挚地开导说：

"阿爸，你看到了吧。汽车真的没长嘴巴，它不吃糌粑，也不喝酥油茶。可是汽车却可以听话。这位金珠玛米就是汽车的主人，他能让汽车跑，也能让汽车停。汽车听了这位金珠玛米的话，才从北京跑到了羌塘草原，它还要跑到拉萨去！"

慕生忠来了。他已经看到也听到了扎西的故事。这时他走到扎西面前，把老人的手攥起来，摇了摇，说：

"老人家，在我们开心的日子才有人散发谣言，那样的鬼话听不得。这些汽车的本事大着哩，它不但能给藏族人民送来吃的穿的用的，还可以把你们一直拉到北京参观天安门，去见毛主席！"

扎西并不认识慕生忠，对他的话似有疑虑，便找刘伍去证实："刘同志，他刚才说我们还能坐上汽车去北京见毛主席，这该不是在开玩笑吧？"

慕生忠不等刘伍回答，就抢先说了话："老人家，我和刘同志都不会骗你。只要你们在牧区好好放牛放羊，过上幸福日子，刘同志是作家，他写上一篇文章登在报纸上，毛主席天天都看报，他知道了你们的事迹，就会请你上北京的！"

刘伍也很兴奋地说："老人家，到时候我和你一起上北京。在天安门广场我给你照相。"

慕生忠忽然对站在稍远处的汽车司机说："小伙子辛苦辛苦，拉上这位老人兜一圈！"

在场的人都为慕政委的这个出奇却也大得人心的决定所佩服所感动。让扎西老人坐汽车兜风！他很可能成为西藏第一个坐汽车的牧民！大家都围上去连拥带护地把扎西送上了驾驶室。有个胆大的藏族小青年竟然以保护扎西为借口，也挤上了汽车。

在众目睽睽之下，司机启动了汽车。车子走得很慢，所有的人都向这两位第一个坐汽车的西藏牧民投去羡慕的目光，向他们招手，欢呼。扎西老人已经幸福得不能抑制自己的情绪了，他脚蹦手甩，是想跳藏家的锅庄舞吗？可是不能，驾驶室的空间太小，容纳不下他的激动和幸福！

越来越多的牧民奔涌来了！他们把已经停下来的汽车和刚从车上走下来的扎西围了个水泄不通。谁都想摸摸这些只会跑却不会说话的庞然大物，谁都想和第一个坐上汽车的扎西老人握握手。可是隔着重重人群，他们只能把手伸在空中摇晃着，摇晃着……

这是一双双想触摸布达拉宫的手！

这是一双双想够着天安门的手！

青藏公路修到了羌塘草原的中心城镇——黑河。汽车也开到了这里。

消息像长了翅膀一样顿时传开。只是两三天工夫，四方州县的牧民就翻山越岭喜滋滋乐颠颠地如潮水一般蜂拥到了黑河。这个封闭、沉寂了千百年的草原小城，因了一条公路穿城而过，瞬间变成了沸腾的大海。牧民们在公路沿线的堎坎上、小坡上撑起了帐篷，还按照藏家欢庆的习俗，燃起了一堆堆松烟。身着各种颜色、各种样式藏服的男男女女，像迎接最尊贵的客人似的，满脸春风地奔走串户，互相道喜。

另有一些藏族同胞听说修路大军缺粮，便用沉甸甸的礼物表达他们对修路英雄的爱戴和敬仰：安多买马部落的头人昂才，亲自带着牦牛运输队，把青稞面运到修路队的最前沿；腾格里海草原上六个宗（县）的牧民，在十天内收捐了十万斤粮食，分六路用骡马或牦牛运至黑河。

黑河的欢乐明显带着匆忙的气氛。路还没有修到拉萨，修路人的肩上仍然压着重任，藏族同胞心中期望的路最终还没有实现。黑河只是欢庆的一个驿站。

看，这支人与牦牛组成的特殊队伍无疑把欢庆的气氛推向了高潮。这是一个综合队伍，对所有的牧民和牦牛，谁也无法分清是来自索县还是当雄，或者巴青还是聂荣。牧民们走在最前面，抬着毛主席像，像上搭着洁白的哈达。随后便是一大群披红挂绿的牦牛了。这之后，就是人与牦牛混合在一起的队伍了。行进的牧民中不断有人把热腾腾的酥油茶、香喷喷的牛奶塞到修路英雄的手中。有不少牧民无法挤到前面和英雄们亲近，便把狐皮藏帽高高抛向天空，表示欢庆及感激的心情。

下丹官寺院的众僧人，在他们经堂的金黄色屋顶上奏起隆重的礼乐，欢迎汽车进黑河。

最让牧民感兴趣的还是那些汽车以及开汽车的解放军战士。车头上挂满了哈达，就连车厢里也填满了哈达。战士们的脖子上已经无法搭放哈达了，于是有牧民别出心裁地把哈达缠在战士的腰里。

这个欢乐的日子，黑河镇变成了哈达的海洋。

扎西老人也来到了黑河。他是从200里外的安多买马部落赶来的。老人首先寻找的人是慕生忠，是他让自己成为第一个坐汽车的藏家人，老人自然要感恩戴德地把他牢记在心。可是，扎西失望了，他几乎问遍了所有的修路人，得到的是众口归一的且带着几分玩笑的回答："你说的是我们的慕政委吗？你在修路工地的每个地方都能看到他，可是你永远也逮不住他。因为他是最忙的人！"没有办法，扎西老人只好找到了刘伍。刘伍是他的老朋友了，一见面他就指着那一排排开到黑河的汽车，问刘伍："金珠玛米的汽车是不是都开来了？"

刘伍笑答："咱们国家的汽车就像羌塘草原上的牦牛一样多，来到这里的汽车只是牦牛身上的一根毛！"

扎西啧啧："呀姆，呀姆（好，好)！以后我们羌塘草原上出产的皮毛、盐、碱都可以运出去。我们也能买到便宜的东西了！过去商人用一小块茶砖就要换走我们30多斤羊毛，拿两个瓷茶盅就换走我们的一只羊。要不是来了金珠玛米，我们就要被困死了！"

刘伍自然不会忘记扎西老人当初对汽车的恐惧和疑惑，这时旧事重提，故意问他："阿爸，你可要看紧你的牛羊，要不被汽车吃掉了，你就什么也换不来了！"

扎西说："我已经看清楚了，汽车什么也不吃，就是清早上路时喝一桶水。如果它还要吃牛羊，我首先把我家的牛羊全献出来！"

周围的人全都笑了。

羌塘人什么时候笑得这么开怀，这么爽朗！

中午，黑河地方政府举行了欢庆通车仪式。

西藏地方政府驻黑河的羌继（总督）土丹江秋在会上说："汽车

开来了，是幸福来到了那曲。那条公路是北京射来的一道光芒，这是毛主席的光芒。我们藏家要三叩首三感谢。感谢共产党，感谢毛主席，感谢金珠玛米！"

黑河镇牧民代表派达拉在发言中讲了一件很神奇的事："这些日子，我们好几个兄弟姐妹都做过这样一个梦，白河的波浪上站立着一只五彩鸟。那是一只在西藏从来没见过的鸟，它的翅膀是金黄色，金闪闪银亮亮。头顶有一簇伞一样的羽毛，像红色又像绿色，红绿搅在一起，很招惹人。吉祥鸟来到了西藏，藏家人的日子会越过越美好！"

筑路的解放军代表易治仁的讲话，实际上是向藏族同胞又一次表达了他们铁定不变的决心："把公路修通让藏族亲人们过上幸福的日子，是我们全体修路指战员和民工责无旁贷的义务，是毛主席和祖国人民交给我们的神圣使命。我们将战胜一切困难，争取早一天把公路修到终点拉萨！"

庆祝大会后，牧民们簇拥着修路的解放军和民工，亲热得难分难舍，久久不愿离去。最后他们把修路英模代表高高举起来在草场上游转。那些不甘寂寞的勇敢的骑手，就在附近的草滩上举行赛马比赛，用这种藏族人特有的欢庆方式向修路英雄表达敬意。另有上百名的藏族男女青年和打扮得像花朵一样的孩子们组成舞蹈队，跳着欢快的藏族舞步。歌声伴着舞姿，从会场上跳到草滩，又不知疲倦地跳到每家的帐篷前。

跳不够呀，唱不倦，一直到深夜……

忽然，从工地那边传来一声呼喊：

"你们乐得都快疯了，留着点力气吧，明早还要干活呢！"

声音很大，还有点熟悉。谁？慕政委，又不大像……

汽车通到羌塘的夜，那是人们用激情烤炙的夜呀！

汽车开进了拉萨。

此刻，1954年12月15日下午4时许。

慕生忠乘坐的头车是一辆破旧的美式吉姆西汽车。他让司机开着车在布达拉官前的广场上幸福地兜了一圈，一圈，又一圈。

司机是个战士，似有疑惑，放慢车速，问："政委，已经走了五圈了。"

慕生忠手一挥："再跑五圈！"

了解了慕生忠的心情，司机加足马力疯跑。

最后，车才停在了慕生忠下榻的"五角城"前。

这是历史上第一辆行驶在拉萨大街上的汽车，缓慢的车轮碾碎了世界屋脊的一个时代，也迎来了另一个时代。慕生忠也就理所当然地成了历史上第一个坐着汽车进拉萨的人！后来人们称他"青藏公路之父"。

这是一份殊荣，更是一份责任。

殊荣归他享受，责任由他承担。

他是名副其实第一个把公路牵到西藏牵进拉萨的人！

慕生忠站在落满灰尘的汽车翼子板上，久久不下来，望望远处，又看看眼前，全然一副百看不厌如饥似渴的样子。有人把望远镜递来，他摆摆手，不用，他什么都看得清清楚楚。

在他身后的一栋藏式小楼上，不知谁升起了一面鲜艳的国旗，把他的身影映衬得十分鲜明，生动。国旗在风中哗啦哗啦地飘动着，好像对他诉说着什么。他静静地倾听着，仍然默默地望着远处，近处。

将军，红旗，蓝天。这是拉萨街头从狭窄的历史巷道走出来的一幅壮美宽阔的现实画面。

慕生忠静站了许久，许久，把拉萨看了许久，许久。

他看见了什么？

看见了布达拉宫？看到了大昭寺？还是看到了八廓街上那一群衣衫褴褛的脸上溢满笑容的藏族同胞？不，他看见了从远方伸展而来的公路，那条直通拉萨而来的公路，那条穿越世界屋脊此刻就踩在他脚下的青藏公路。

他的脚下是公路的终点，也是新生活的起点。

起点？

彭德怀说过了，你慕生忠的任务就是先修一条公路到西藏，至于这公路算不算等级路，先不管它。汽车可以跑到西藏就算你立了头功！

他慕生忠当时也是这么应承的。现在是通车了，可后面养路修路的任务还重着哩！这终点不是起点又是什么呢？

慕生忠仍然站在翼子板上，望着这条通到拉萨的公路。望不够的路呀！

为了修好这条公路，他和他的队伍付出了多少辛劳，蹚踩了多少没有路的地方。青藏公路是他慕生忠这一生中最杰出的作品。他为此奉献多少心血和智慧，无怨无悔！

当初彭老总给他下达修路任务时，他拍着胸脯说，我会在不到一年的时间里拿下这个碉堡。彭总说，碉堡，好，这话说得好，是军人的语言。我不会给你规定完成任务的期限，我知道你有好多难处，但是我仍然希望你尽快尽早把路修到拉萨！

如果按照他们此刻到达拉萨的时间计算，修筑这条公路用了七个月零四天，整整七个月零四天！有人曾经一天一天地计算过，共219天。他回想着这个不算漫长却让他操心费脑、提心吊胆的219天，眼眶里不由得涌出了泪水。他用手背抹去泪水，泪水又涌了出来。

　　这泪水当然是幸福，但还有酸楚，更多的是幸福。

　　不过，很快他就笑了。

　　雪山的太阳很红，慕生忠笑了！

　　拉萨很美，慕生忠笑了！

　　青藏高原有了一条天路，慕生忠笑了！

　　他的笑容像那一路的格桑花，又像昆仑山上的雪莲花，那么灿烂，那么硬朗，那么纯粹，那么自然……

2019 年 1 月修订于北京

.